CÂNDIDA
e outras vidas

CÂNDIDA
e outras vidas

Fernando Amaral
da Silveira

Cândida e outras vidas © Fernando Amaral da Silveira, 07/2022
Edição © Crivo Editorial, 07/2022

EDIÇÃO E REVISÃO
Cynthia Iuryath

CAPA, PROJETO GRÁFICO E DIAGRAMAÇÃO
Fabio Brust – *Memento Design & Criatividade*

COORDENAÇÃO EDITORIAL
Lucas Maroca de Castro

Dados Internacionais de Catalogação na Publicação (CIP) de acordo com ISBD

S587c   Silveira, Fernando Amaral da

Cândida e outras vidas / Fernando Amaral da Silveira. - Belo Horizonte, MG : Crivo Editorial, 2022.
156 p. ; 13,6cm x 20,4cm.

Inclui índice.
ISBN: 978-65-89032-40-3

1. Literatura brasileira. 2. Contos. I. Título.

CDD 869.8992301
2022-2233   CDU 821.134.3(81)-34

Elaborado por Vagner Rodolfo da Silva - CRB-8/9410

Índice para catálogo sistemático:
1. Literatura brasileira : Contos 869.8992301
2. Literatura brasileira : Contos 821.134.3(81)-34

CRIVO EDITORIAL
Rua Fernandes Tourinho, 602, sala 502
30.112-000 - Funcionários
Belo Horizonte - MG

www.crivoeditorial.com.br
contato@crivoeditorial.com.br
facebook.com/crivoeditorial
instagram.com/crivoeditorial
crivo-editorial.lojaintegrada.com.br

*À Rose — primeira leitora, crítica e incentivadora de todos os meus contos (e de minha alma);
Aos meus filhos — os melhores personagens que ajudei a trazer ao mundo.*

Dedico este livro com amor.

Sumário

- 9 · Prefácio
- 11 · Agradecimentos
- 15 · A morte do Meireles
- 23 · Cândida e outras vidas
- 33 · O dia em que meu noivo surtou
- 59 · Tião Jornel

65 · O belíssimo pé de Zé Messias
85 · A semana rubra e negra
99 · Seja o que Deus quiser!
109 · Em confinamento
117 · O homem de Deus

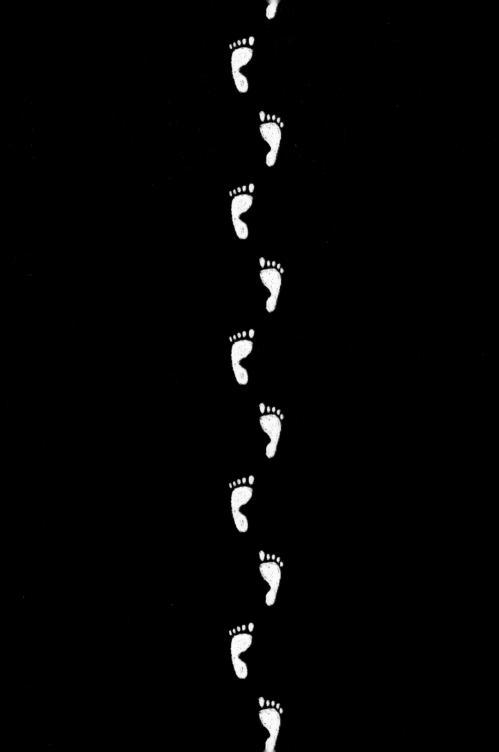

Prefácio

O PROCESSO DE CRIAÇÃO DE PERSONAGENS CONTINUA SENDO essencialmente um mistério para mim. Sinto-os como se fossem entes reais que se escondessem em meu ser; partes dele talvez?... Não tenho controle sobre como eles surgem e se desenvolvem, eles têm vida própria: aparecem do nada em minha mente e aí se debatem até que eu lhes dê à luz. No final, resta-me a tarefa de dar a cada conto o acabamento que faça justiça aos personagens que transitam por ele.

Entrego a você, leitor — amigo conhecido ou não —, mais estes contos nascidos deste mistério de transformação da imaginação, sensações e sentimentos. Espero que não se decepcione, que consiga se envolver com os personagens e se identificar com o que cada um deles oferece: as dores e alegrias trazidas pelos vícios e virtudes que todos nós, em maior ou menor grau, carregamos dentro de nós. Peço a você, ainda, tolerância com as mudanças de estilo, às vezes tão abruptas, entre uma história e outra — não são culpa minha, foram os personagens que também as exigiram de mim e não os atender seria violentá-los em sua essência.

Fernando
Sabará, 15 de julho de 2022.

Agradecimentos

AOS "PRÉ-LEITORES", QUE FIZERAM COMENTÁRIOS SOBRE versões preliminares de alguns dos contos e me incentivaram a levá-los a cabo: Alisson Dias, Bárbara Silveira, Daniele Souza, Flávia Coelho, Jacira C. C. Almeida, Kelly Ramos, Rodney Cavichioli, Roselaini Silveira, Rosy Isaías, Valéria Ruiz e Yule Roberta F. Nunes.

À Cynthia Iuryath, pela revisão cuidadosa dos textos. Devo a ela um agradecimento especial pela paciência e pela tolerância com minha teimosia.

Ao Lucas Maroca, meu editor, pelo apoio e pela amizade que viabilizaram a publicação de mais este livro pela Crivo Editorial.

DIDA
DIDA
DIDA
e outras vidas

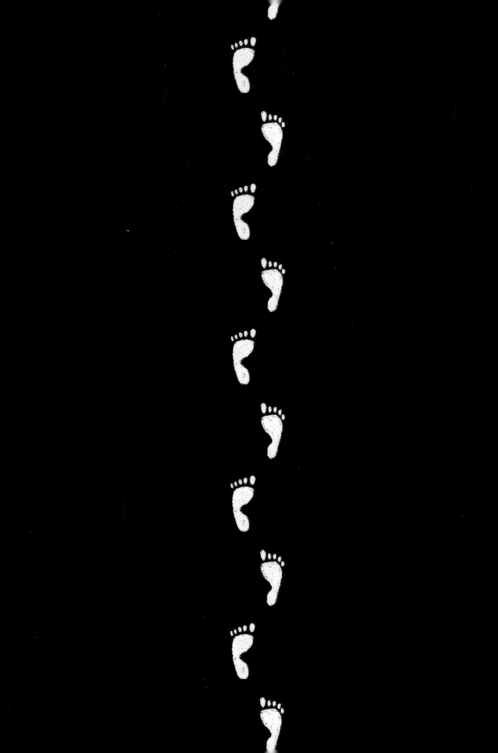

A morte do Meireles

— VOCÊ JÁ MORREU ALGUMA VEZ?

A pergunta saiu meio embolada, na voz pastosa de muitas cervejas do Meireles. O Pacheco, com o cérebro também já meio embotado pelo álcool, arregalou os olhos, sem saber se tinha entendido:

— Ahn?

O Meireles não levantou a cabeça, nem desviou os olhos vidrados do copo que tinha à sua frente:

— É! Você já morreu alguma vez?

O Pacheco revirou os olhos para cima:

— Morri? Eu? Que pergunta mais idiota! Se eu tivesse morrido, tava morto, ora essa; não tava aqui conversando com você.

O Meireles balançou o copo vagarosamente sobre a mesa:

— Você nunca ouviu falar de gente que morre por um tempo e, depois, volta contando coisas?

Pacheco botou mais cerveja no seu copo e no do amigo, enquanto respondia:

— Bobagem, alucinações.

— É... pode ser — respondeu o Meireles, vigiando a espuma que se formava em seu copo, com olhos embaçados.

E os dois tomaram um gole, permanecendo em silêncio por algum tempo.

— Eu tô morrendo... — lamentou o Meireles, ainda com olhos fixos no copo.

Pacheco virou mais um gole, antes de responder, no meio de um bocejo:

— Larga de bobeira, vai!

— É verdade. Posso sentir...

Pacheco olhou o amigo, com ar incrédulo, mas, notando seus olhos cheios d'água, ficou um pouco preocupado:

— Pode sentir o quê? Você tá passando mal?

Meireles levantou a cabeça com uma expressão assustada:

— Quem? Eu?

Pacheco revirou os olhos, impaciente:

— É! Claro! Você não disse que tá sentindo que tá morrendo? Tá passando mal?

Meireles suspirou e bebeu mais um gole:

— Mal? Não... Assim, tipo dor, febre, tontura, falta de ar, não. Só estou sentindo que estou morrendo.

Agora, foi o Pacheco quem suspirou e, com mais uma revirada de olhos e o abanar impaciente da mão, repreendeu o amigo:

— Para de besteira, vai!

Mas Meireles, ainda olhando fixamente o copo, insistiu:

— É sério. Você também deve estar.

Pacheco virou o restinho da garrafa em seu copo e o esvaziou num gole curto:

— Eu não estou sentindo nada. — E, virando-se para o balcão, gritou:

— Alexandre! Mais uma!

Meireles também esvaziou o seu copo e resmungou:

— Você tem sorte. Deve ser bom morrer sem sentir...

— Morrer sem sentir: que papo ruim é esse, cara?

— Papo ruim? Por quê? Quê que tem demais numa pessoa sentir que tá morrendo?

— Afff...

Sem prestar atenção no que fazia, Pacheco levou o copo vazio aos lábios. Olhou para ele e, com cara de quem tinha se lembrado de alguma coisa, gritou novamente para o balcão:

— Ô, Alexandre, cadê a cerveja?

Meireles inclinou o seu copo e, olhando o fundo vazio, continuou sua lamúria:

— Cara, tô com sessenta e cinco anos. Já não lembro o nome das pessoas; tudo o que como me para no estômago, tudo me dá azia; tenho insônia toda noite; sinto dor nas costas quando ando, quando sento e quando deito; as pernas já não aguentam andar três quarteirões sem ameaçarem uma câimbra, e o bilau, você sabe, já não tá dando conta do recado... É a morte me comendo por dentro, pô.

— Para, vai. Todo mundo envelhece. Meu avô também estava assim aos sessenta e cinco e viveu até os noventa e sete. Que papo ruim da porra!

— Pois é, viu? Ele tava morrendo...

— Pelo amor de Deus, Meireles! Então, tá todo mundo morrendo: nasceu, começa a morrer. Vamos mudar de assunto? Vamos falar de futebol, política, o preço do leite, a chuva de ontem, qualquer coisa, mas vamos largar de besteira, vamos?

Alexandre chegou, abrindo uma garrafa de cerveja. Meireles nem notou. Ainda olhando o fundo do copo vazio, pensou em voz alta:

— É... morrer é assim: solitário, cada um sozinho com sua morte...

Pacheco, percebendo a cara espantada e interrogativa do dono do boteco, perguntou a ele:

— Ô, Alexandre, quê que você botou na cerveja do Meireles? O cara pirou o cabeção aqui!

Alexandre abriu a boca para responder, mas Meireles falou primeiro:

— Tá vendo? Não dá nem pra gente conversar com o melhor amigo sobre o assunto. Morrer é uma viagem que a gente faz sozinho, mesmo, né, Alexandre?

Alexandre, sem entender direito o que estava se passando, fez que sim com a cabeça, serviu os dois copos rapidamente, deixou a garrafa com o resto da cerveja sobre a mesa e foi embora balançando a cabeça e sem dizer nada.

Os amigos tomaram, cada um, um gole e Meireles continuou:

— Não, imagina, aí. Imagina que você tá morrendo. Você sabe. Sabe que tem alguma coisa errada, que a vela tá apagando. Você vai falar isto com sua esposa? Com seus filhos?

— Cara, não tô com vontade nem de imaginar isso aí, não, vai.
— Tá vendo? Você não ia querer falar, né mesmo? Deixar todo mundo preocupado... Por isso que tanta gente morre por aí, passando susto em todo mundo. Aí dizem: "Nossa, morreu de uma hora pra outra!" Hora pra outra nada, o cara já tava morrendo já tinha era tempo. Mas tava morrendo calado. É claro! Se ele quer falar no assunto, todo mundo manda ele calar! Nem o melhor amigo quer conversar sobre isto!
— Ah, vai se fudê, Meireles. Sai dessa fossa. Beber pra afundar na merda, desse jeito, nem vale a pena.

E Pacheco olhou pela porta. Lá fora, a noite já estava ficando deserta e um cachorro parou para marcar um poste do outro lado da rua:

— Taí, ó: a gente tem que fazer igual esses cachorros de rua, ó — e apontou o cão com o beiço. — Pergunta pr'esse aí, ó, se ele tá preocupado com o dia que ele vai morrer. O desgraçado pode morrer a qualquer momento: atropelado, envenenado, espancado, doente. Mas taí, ó, cagando pra tudo. Nesse caso, mijando! — E riu sozinho da sua piadinha. — Fuça uma lata de lixo ali, rouba o sanduíche de um distraído aqui, troca umas dentadas com os colegas por conta d'alguma fêmea no cio, e vai levando. Já pensou se ele ficasse parado, pensando se ia morrer; se ia ser hoje ou amanhã? Tava fodido. Você não acha?

Meireles não respondeu. Mas o Pacheco nem se virou para ele. Continuou sua ladainha, olhando pela porta, sem perceber o amigo emborcado sobre a mesa:

— A gente tem que viver assim — continuou ele, naquela voz alta e decidida dos bêbados que têm certeza —, vivendo e cagando e mijando pra morte. Sei lá que dia que eu vou morrer; hoje, amanhã, depois. O negócio é aproveitar o agora. Agora eu sei que tô vivo; e sei que tô com vontade de sentar nesse buteco e beber com meu amigo. Então eu sento aqui e bebo, não fico perguntando se vou morrer, porra! Agora, você, não; você fica aí. Em vez de aproveitar a cervejinha e bater um papo legal, não, fica aí com esse papo ruim, essa conversa boba de "vô morrê"! Quer saber? Vai morrer mesmo, pode ter certeza! Só não adianta querer saber quando. Ah, isso não tem jeito. Cê fica doente hoje, passa um mal do cacete, acha que tá morrendo e, aí, sara e segue a vida, todo-todo, e nem lembra mais da doença. Outro dia o médico fala (foi assim com minha tia): "não passa de amanhã", mas num combina a data com a morte e a velha vive mais dez anos! O outro sai de casa com uma saúde de touro, tropeça no meio-fio, racha os chifres num poste e pronto: já era! Agora me diz aí: que que adianta você ficar pensando nisto, hein? — e, finalmente, virou-se para o Meireles, à espera de uma resposta. E, só então, percebeu que o amigo estava ali, tombado sobre a mesa, o copo virado à sua frente e a cerveja empapando a toalha estampada com grandes flores coloridas. Pacheco tomou um susto e gritou:

— Meireles!

Mas o amigo continuou imóvel.

— Meireles! Ô, Meireles, acorda aí, pô!

Mas o Meireles continuou imóvel, a boca entreaberta, os olhos semicerrados, revirados e imóveis.

— Putamerda! Será que esse cara tava falando sério? — e sacudiu o amigo:

— Meireles! Meireles! — gritou ele, novamente, agora mais alto, e dando uns bons safanões no amigo — Cê morreu, Meireles?

E virou-se, aflito, para o balcão:

— Acode aqui, Alexandre, o puto do Meireles apagou aqui na mesa!

Enquanto o dono do boteco vinha espavorido, ele sacudiu de novo o amigo:

— Meireles!

Mas o Meireles não deu sinal de vida. O Alexandre chegou, aflito, à mesa:

— Que foi? Que foi?

— Meireles! Meireles! Levanta, porra! — o Pacheco gritou, sacudindo-o mais uma vez.

Mas o Meireles continuou imóvel. Alexandre, já antevendo os problemas que uma morte no seu boteco iria acarretar, exclamou:

— Putamerda! Já na hora de fechar! Ele não podia ter esperado sair daqui pra morrer?

— Bem que o viado falou que tava morrendo. E eu nem dei atenção! — E o Pacheco agarrou o braço do amigo, sacudindo-o de novo:

— Meireles, seu sacana, cê morreu, mesmo?

Então, lentamente, o Meireles levantou o rosto da mesa:

— Morreu? Quem?

— Ocê, porra! Caiu aí e não respondia, nem com safanão!

— Eu? Morri não, porra, eu tô é bêbo, muito bêbo...

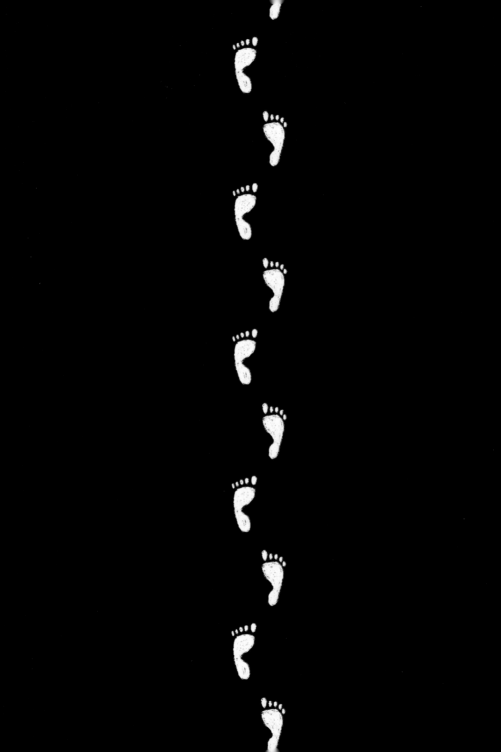

Cândida e outras vidas

CÂNDIDA. ESTE O NOME QUE LHE FORA DADO. PORQUE O ACEItara, por isto, sua vida transcorrera conforme havia sido. Dela, de sua mesma vida, serviram-se os seus pais e seus irmãos e, quando todos se foram e ela ficara só em sua casa, por sina do seu nome, serviram-se dela vários homens: passantes que, passando defronte à casa, entravam, buscando repouso, pouso e repasto para o estômago e suas carnes. Porque aceitara aquele nome — Cândida —, viera, um dia, um certo caminhante, viajante de nome Adão, e de sua vida, cândida vida, também se serviu. Chegara como, antes, outros haviam chegado: sentara-se e comera da comida que, candidamente, Cândida lhe fizera; e lambera o prato, e lambera os beiços, e lambera também os dedos. E, enquanto tudo lambia com sua língua, com os olhos, lambia também a ela, Cândida, que, sentada no banco, candidamente esperava o momento por vir, em que o viajante lhe pediria o quarto, para dela também se servir. E Adão, como os outros muitos viajantes que já ali haviam pedido pouso, dela serviu-se por inteiro: despiu-a de suas roupas, acariciou-lhe as carnes e em suas cândidas profundezas encontrou o gozo.

Mas não era, este viajante, o homem Adão, de todo igual aos outros, pois que, ao acordar de manhã, não se levantou logo da cama para retomar o seu caminho, mas puxou-a para si e novamente a possuiu, antes que ela pudesse ir-se a cuidar das coisas do café. Terminado o ato, foi-se Cândida, candidamente, alegre até, com aquela tão pouca, tão grande diferença. Foi buscar água, acender lenhas e coar o café que serviria com quitandas a tão desigual viajante. E foi-se, já saudosa de tão ardente passante, que a acordara lhe desejando tanto e lhe possuindo tão insistente. Mas, passado o café, Cândida descobriu, assustada, sustando sua precoce e tão imprópria saudade, que Adão não se iria como os outros, mas que ali se instalaria e, como dono, se fixaria: comidos os últimos biscoitos, não se levantou e partiu; antes, inclinou-se para trás e abriu os braços sobre os encostos das cadeiras que, de cada lado seu, aguardavam outros viajantes. Abriu-se todo, num abraço que tudo abarcou, e, para dar exato sentido ao seu gesto, decretou:

— Há muito busco uma casa com boa comida, cama boa e macia e boa mulher que me sirva. Aqui me instalo, aqui minha vida se reinicia.

E Cândida olhou aquelas palavras e de pronto entendeu sua sina; mas, candidamente, apenas recolheu as louças e seguiu para a cozinha. Foi preciso que Adão tocasse três viajantes da porta, sendo estes já pessoas de casa, por uso e usufruto da mesa, da cama e da cândida dona de todo o pouco que ali havia; foi preciso que assim ele fizesse para que se anunciasse pela estrada que a senhorinha Candinha, tão prendada na arte de receber, era agora mulher de homem e que sua casa, agora casa de Adão, tinha, já então, as portas fechadas aos famintos e sedentos viajantes. Foi preciso que, a esses três, Adão espantasse para que Cândida, em sua candura, atinasse que já nem não lhe pertenciam os próprios seus infortúnios. E, para tudo isto selar, Adão meteu na parede da sala um prego e nele dependurou o chapéu que era seu. Chapéu que, da parede, anunciava: "Nesta casa há um homem que o tudo que nela há, objeto vivo ou morto, a tudo possui e domina".

E já Cândida se obrigava a aceitar do outro, candidamente, o que antes era escolha sua. Escolhas que nem não se lembrava que, um dia, já havia escolhido: no café, mais pó; no arroz, cebola; no feijão, mais alho; os cabelos, presos; nos vestidos, mais chita; em tudo, nada. E foi sua casa encolhendo, agora menos sua; e foi sua vida minguando, agora mais de Adão. E foram as suas todas coisas se esvaindo e tão espremidas ficaram que até seu cândido nome, menos seu foi se tornando e, de tão oprimido, transmutando — de Cândida tornou-se Tereza; Tereza, por inteira tristeza.

E era Tereza, agora, quem na casa desvivia e quem, triste, da janela, via passarem os viajantes. Já não paravam, apenas seguiam, nem mesmo já não olhavam, pois em casa de Tereza, para nenhum viajante, boa dona, boa cama, nem ao menos boa mesa não mais havia. E perguntava-se Tereza: "de onde vêm?

Pra onde vão os passantes viajantes?" E, tristonha, percebeu que ainda menos possuía que os sem-teto andarilhos, pois que casa também já não tinha e, também, estrada não possuía, nem o mundo que ela percorria e que ela nem não conhecia. E, triste, percebeu que, nem vida, nem uma triste vida, ainda já não tinha; que de pouco dona de coisas poucas, em objeto tido agora se tornara. E, triste, percebeu também que, se nada tinha, em nenhum lugar precisava ficar, já que nem vida não tinha que preciso fosse acomodar. E, assim, lançou-se ao caminho daqueles que ali passavam; lançou-se ao passar dos que nada tinham, dos que apenas seguiam, em busca de um pouco pouso e repouso.

E Tereza, deixando a vida que vida própria sua já não era, agora, só, na estrada, deu por si que outro nome agora nela lhe calhava e ela era — ela mesmo quem pensava, ruminando sua dolorida, pouca, triste história —, ela era, agora, Maria das Dores. Das Dores, Dodora, sem casa, sem vida, só de dores possuidora. E só dores ela sentia, dores de uma toda vida desvivida, de uma cândida vida e de uma vida triste, ambas sem vontade de si vividas, apenas de muito favor oferecido, de muito mando cumprido.

Agora, ardiam-lhe os pés descalços na estrada coalhada de pedregulhos. Ardia-lhe, também, a alma, tão pisada naquelas poucas vidas todas que, desvivendo, ela vivera. E, com tanta ardência, Das Dores seguia em dor. E, de tanto arder aquele fogo abafado, apagou-se, tornou-se por dentro carvão; esfriou--se, secou-se e, por isso, Maria das Dores, logo já se tornou seu nome impróprio, pois que dores — seca e fria que estava —, também não mais sentia. E, então, seca, fria e sem dor, pros- seguiu pela estrada dos viajantes, apenas passando, sem casa que fosse sua, sem homens que dela se servissem e, já sem dores que lhe doessem. Seguia, também sem nome, por falta de nome que lhe coubesse.

E por nunca ter antes saído de casa; por nunca ter saído de sua cândida vida, nem mesmo depois de transmutada em triste vida de Tereza (que ao encerrar-se tanto lhe doera), não sabia como proceder quando à estrada se saía. Da janela da casa que fora dos pais, casa sua, de mulher tornada, e, depois, por Adão usurpada, apenas via os viajantes caminhando: caminhando passavam; caminhando chegavam e entravam e, caminhando, partiam e sumiam. E, por ser isto o tudo que aprendera do caminho, agora, ela própria na estrada, apenas caminhava e, caminhando, caminhando apenas passava. E assim foi-se, até que as pernas a mais caminhar se recusaram. E estava defronte, então, a uma casa; casa uma, como a de seus pais, como a casa sua de mulher que em casa de homem se acabara, à beira da estrada situada. E, por ser o tudo que sabia sobre caminhantes, fez como os viajantes que em sua casa pousavam: após tanto caminhar, chegou; e, estando a porta aberta, entrou. E, na casa, viviam um velho senhor triste e seu filho desvivido. E olharam para ela, desassustados e curiosos: quem seria aquela uma moça, assim tão seca de corpo e fria da alma?

Perguntou-lhe o rapaz, candidamente:

— Quem é você? Como se chama?

E ela, sem casa, sem homens, sem vida e sem dores e, por isso, agora sem nome, olhou-o como se não o entendesse, mas, de fato, a si mesma desentendendo: quem seria ela, agora? E como se chamaria?

E, enquanto olhava o cândido rapaz, ainda de si desentendida, perguntou-lhe o velho triste, tentando saber, por ela, o lugar ocupado na vida:

— E você, moça, filha de quem você é?

E a moça, sem casa, sem homens, sem vida, já sem dores e, também, sem nome, entendeu, para maior desentendimento de si própria, que também de ninguém era mais filha. E, olhando o velho triste, sem de fato enxergá-lo, respondeu com a pouca voz que ainda lhe restava:

— Sou filha de ninguém; nome não tenho, tenho nada, sinto nem dor, nem ninguém num sou.

E, apenas conhecendo sobre os que chegam, aquilo que faziam os que na casa dos pais chegavam, naquela casa mesma que de mulher se tornou antes de ser por homem usurpada, sentou-se à mesa e lhes disse:

— Tenho fome! O que, nesta casa, há pra se comer? — E, assim dizendo, olhou faminta o cândido rapaz, que era o filho do triste dono da casa. E lhe disse, voraz:

— Cândido... que belo nome tu agora tens. Belo nome, para um belo rapaz...

E olharam-se — candidamente, o rapaz; tristemente, o velho — e o agora Cândido lhe sorriu sem-graçamente e, envergonhado, cabisbaixo, branco-enrubescido, sumiu por uma porta, como se já agora visse, pelo nome que ainda há pouco lhe fora dado, o destino que lhe aguardava. E o velho triste olhou-a desenxabido e, mirando a foto da esposa finada que da parede tudo dominava, resignou-se e persignou-se e, levantando-se, sumiu-se também por outra porta. E, desta porta outra, vieram ruídos, bons agouros de panelas; vieram também fumaças de fogão e, com elas, o cheiro da banha de porco. E logo ouviu-se o chiar da gordura, o cheiro de alho e o choro da carne ao fogo. E a tudo ouvia e cheirava ela; as fomes lhe apertando, enquanto buscava, no corredor escuro, lá dentro, ver de Cândido algum sinal — Cândido, tão tímido, tão candidamente desaparecido —, mas voltou-se o velho, antes que nada do outro se ouvisse, e dispôs sobre a mesa as panelas, gritando para os escuros da casa:

— Cândido, traga-se e o prato e a colher pra esta tão faminta mulher.

E saiu o Cândido da penumbra da porta, por onde, antes, candidamente sumira. Cabisbaixo, cruzou a saleta e, silente, entrou na cozinha. E, sem que o mais cândido ruído nenhum se ouvisse, de lá voltou, trazendo louça e talher.

— Bom apetite... — disse-lhe o velho triste, com voz sumida, sentando-se e Cândido em um banco comprido rente à parede.

De lá, calados, olhavam — Cândido cabisbaixo —, a viajante que fora Cândida e Tereza e, por algum tempo, Maria das Dores, e que agora era sem nome e sem dores, e que agora comia a comida que no seguinte dia, falta a eles faria. E a viajante comeu a fartar-se da boa comida do velho triste. E, ao terminar, arrotou, dando mostra aos de casa, de que a comida muito lhe servira. E, alisando a nenhuma barriga satisfeita, a olhar as paredes em volta, anunciou-lhes:

— Vim de longe e pr'o muito longe hei de ir; pra tão longe que nem sei. Estou cansada, preciso de pouso e repouso.

Olharam-se o velho triste e o cândido rapaz e disse-lhe, tristonho, o ancião:

— Você pode, no quarto de Cândido, dormir. — E, ainda triste, disse ao cândido rapaz — Você, filho meu, dorme no meu quarto mais eu.

E a moça, sabendo como nesses casos proceder, de tanto procederem os que na casa de seus pais pousavam e repousavam (naquela outra casa mesma, que sua casa de mulher se tornara e que por Adão fora usurpada), protestou veemente e lasciva:

— Não quero transtorno causar, a ninguém desalojar. O rapaz dorme em seu mesmo quarto, onde há de me esquentar.

Cândido engoliu em seco, encolheu-se, mas a lágrima que no rosto lhe escorreu, fingiu-se nem não ver. E a moça, ainda sem nome, também ainda seca e fria, sem mais dores nenhumas que sentir, fingiu também não ver se turvar, do triste velho, o olhar. E levantou-se o mesmo triste ancião; levantou-se como quem de fato morre:

— Vou trocar os lençóis; pois que em cama limpa melhor se dorme.

E a viajante, até ainda sem nome, sem casa, sem vida, sem homem, porém agora também sem dores, deixou-se ficar na mesa, os olhos lambendo os cândidos músculos silentes, que Cândido, ao cabo da enxada, fizera salientes. Por fim, voltou o triste velho e, num suspiro, lhe disse, tristonho:

— Está pronta, a cama.

E, olhando o cândido filho, compadecido, continuou:

— Ele pode, senhorinha, no meu quarto mesmo ficar; mexe muito na cama, não há de deixá-la descansar.

Mas a viajante, ainda tão sem nome, também sem casa e sem vida, e ainda livre dos homens e, também, das dores, recusou a oferta, não querendo o velho incomodar:

— Não se preocupe, haverei, com muito prazer, de muito descansar.

Mas sugeriu, então, o velho:

— A senhorinha não quer, pra seu mais conforto, no meu quarto se alojar? A cama lá é mais larga, melhor de se acomodar...

— Não, meu triste velho, não se preocupe. Estarei bem acomodada. Na noite fria, estando assim espremida, haverei de ficar mais aquecida.

Mas ofereceu-lhe, ainda, o velho triste:

— Durmo eu, então, com a senhorinha. Velho que sou, mais entendo das artes de à noite esquentar; meu cândido filho, tudo o que ainda aprendeu nesta vida do ofício de deitar, foi na manta se enrolar.

— Agradeço-lhe a disposição, mas aos mais velhos não se deve incomodar. Com Cândido, em sua cama própria, eu prefiro me deitar.

E não havendo mais jeito a se dar no que não havia mesmo como remediar, saiu o cândido filho, atrás de seu triste pai, para atender à tão-sem-casa, sem-homens, sem-dores e, também, sem-nome, viajante. À porta do quarto, apertou, o triste velho, a mão do cândido rapaz e lhe desejou, olhos rasos de lágrimas, uma boa, cândida, noite. Voltou-se, então, para o seu quarto e, passando triste pela hóspede, foi-se, sem a ela também, o bom descanso agourar. Mas, afinal, que bom descanso se desejaria a uma senhorinha sem casa, sem vida, sem homem, tão seca e fria e, também, sem dores? A uma tal senhorinha, assim, tão faminta de uma noite cheia de calores? Triste passou; triste entrou em seu quarto e, ainda triste, pôs-se de joelhos, acreditando, assim, orar.

Mas a tão sem nome viajante, ainda também sem homem, sem vida, tão seca e sem dores, já tão fria nem não se sentia e, diante de Cândido, despiu-se lentamente, vigiando o moço atentamente. Seu corpo rijo, desprendendo cheiros de mulher, fez despertar, no cândido rapaz, um homem ardente; fê-lo empalidecer e depois corar; fez brilhar o seu olhar. Então, aproximou-se a viajante, sem vida e já nem tão seca, e já agora tão quente, e falando-lhe mansamente, abriu-lhe no peito a camisa. Por ali enfiou a mão, em artes de encantar. Entre carícias e sussurros, tirou-lhe a roupa, a alma e as vergonhas, expondo o seu todo corpo, de tão cândido, trêmulo e desfeito. E, então, dizendo-lhe falas ao ouvido, conduziu-o ao seu próprio leito dele. Por algumas horas, explodiu a moça sem nome em cores e suores, agora já de novo cheia de vida. E Cândido, de pobre rapaz, cresceu, embora cândido, em inteiro homem capaz. E, então, dormiram, agarrados nos mútuos calores. E, de manhã, enquanto ainda Cândido dormia, espantou-se a mulher, por sentir alguma dor pelo cândido objeto de seu amor. Por cima dele rolou sua pele e seus pelos e, sem dar tempo a que bem acordasse, já despertou-lhe os ardentes desejos, possuindo-o, voraz. Enfim, virou-se novamente de costas e, com um suspiro, deixou ir-se o Cândido, em busca de alguma paz.

Ao sair do quarto, de novo viva, já não era mais fria; também seca já não estava e sentia já alguma dor, do exagero do amor. O velho triste lhe desejou bom dia; Cândido, enrubescendo, baixou a cabeça, ainda em cândida timidez: percebera, do nome que tão candidamente aceitara, a sina que recebera. Sentou-se ela à mesa, a vida a palpitar-lhe, e, depois de fartar-se, ao fim, abriu os braços, agarrando as vizinhas cadeiras, e, com bons ares, proclamou:

— Agora, me chamo Vitória e tendo vida nova, novo nome conquistado, seca não mais sendo e já calores no corpo sentindo, já viva de novo estando, viajante não vou continuar sendo. Fico e me deixo estar, para o sempre ficar!

O dia em que meu noivo surtou

NAQUELA MANHÃ DE SÁBADO, EU ACORDEI ASSUSTADA: O DIA já estava claro e Luís viria me pegar pra irmos ao shopping comprar um presente pro seu amigo, Jaime. Estendi a mão até a mesa de cabeceira, peguei meu celular e conferi as horas — apagado! Eu tinha esquecido de botá-lo pra carregar na noite anterior! Dei um pulo da cama e corri até a porta do quarto, que abri gritando pra fora:

— Mãe! Quantas horas?

— Nove e meia! — ela gritou de volta pra mim, lá da cozinha.

Corri desesperada pro banheiro, tomei um banho rápido e ainda estava escovando os dentes quando ouvi o Luís buzinando lá fora — ele tinha ficado de me pegar às dez. Cuspi a espuma de pasta de dente e corri à janela da frente:

— Já vou, Luís! Entra!

Destranquei a porta da sala e voltei correndo pro banheiro. Mas ele não entrou. Quando sai do quarto, finalmente pronta, não o encontrei na sala, nem na cozinha, onde minha mãe começava a preparar o almoço:

— Cadê o Luís?

— Sei lá! Se você não sabe, muito menos eu...

Minha mãe e seu mau humor matinal... Corri pra porta da sala e o vi dentro do carro estacionado em frente ao portão do jardim:

— Mãe, já vou! Não sei se volto pro almoço!

— Você não vai tomar café?

— Não, mãe, tô atrasada! Como alguma coisa lá no shopping.

— Tá bom!

Entrei, afobada, no carro:

— Desculpe, amor, acabou a bateria do celular e o despertador não tocou. Acabei de acordar!

Achei que ele estava zangado — apenas me deu um sorriso amarelo, com uma expressão estranha, e respondeu, com uma voz mais estranha ainda:

— Sem problemas...

Ele me olhou com um ar esquisito durante algum tempo e eu achei que ia me falar alguma coisa, mas, de repente, sem dizer mais nada, ligou o carro e arrancou — não me deu um "bom dia", não me deu um beijo, nem acariciou minha perna, como sempre fazia quando saíamos juntos de carro... Estranhei e me entristeci com essa frieza. Eu não era de deixá-lo esperando, mas, nas poucas vezes em que isto acontecera, ele nunca ficara chateado; ele era sempre tão paciente e bem-humorado... Será que tinha acontecido alguma coisa?

Seguimos calados por alguns quarteirões até que ele perguntou, sem me olhar:

— Que horas a bateria do seu celular acabou?

— Deve ter sido ontem à noite, amor, logo depois d'eu ter me deitado — respondi, entre intimidada e chateada, achando que ele não tinha acreditado na minha explicação. — Depois que eu acertei o despertador do celular, comecei a ler e ele começou a apitar, avisando que a bateria estava acabando. Resolvi acabar de ler o capítulo antes de colocá-lo pra carregar, mas dormi antes. Acordei com o livro caído ao meu lado...

— Ah! Então, você não viu a mensagem...

— Mensagem? Não, que mensagem?

— Nada demais... o celular não está aí pra você ouvir?

— Não. Levantei tão atrasada que nem coloquei pra carregar. Ele ficou apagado lá em cima da mesinha de cabeceira.

Ele deu um sorriso estranho, quase sarcástico, dizendo, apenas:
— Ah!

— É verdade, Luís! — Eu lhe disse, achando que ele não tinha acreditado. — Eu não trouxe. Ele ficou descarregado no quarto.

— Sem problemas. Eu acredito.

Estranhei sua voz, seu jeito de falar e o sorrisinho que eu nunca vira. Ele estava estranho, frio, distante.

Seguimos calados até o shopping. Estacionamos e, ao sairmos do carro, reparei que ele estava com uma roupa que eu não conhecia. Aproveitei pra tentar quebrar o gelo:

— Roupa nova, amor?

Ele olhou para si mesmo e deu outro sorriso estranho:

— Não. É que eu não uso muito...

Quis dar-lhe a mão ao entrarmos no shopping, mas ele enfiou as mãos nos bolsos e, caminhando à minha frente, entrou, aparentemente sem notar a minha mão buscando a dele. Fiquei decepcionada com sua frieza: será que ele ficara tão chateado assim com meu atraso? Esse não era o jeito dele...

— Onde fica, mesmo, a Livraria Pergaminho? — ele me perguntou, parando de repente e olhando em volta.

Olhei pra ele, assustada:

— Como assim? Sua loja preferida na cidade inteira e você não se lembra?

Ele deu outro sorriso estanho. Desta vez, parecia sem graça:

— Desculpe. É que...

Comecei a ficar preocupada. Olhei de novo pra ele e ele deu outro sorriso daqueles, desviando os olhos. Sem deixá-lo terminar de falar, peguei-o pela mão e me dirigi à escada rolante, perguntando-me: "O quê que o Luís tem?"

Entramos na livraria e ele logo soltou minha mão. A loja estava mais cheia do que o normal e Luís foi enfiando-se entre as estantes e as pessoas, olhando prum lado e pro outro, sem me dar mais atenção. Foi lendo as placas indicativas nas estantes, aparentemente sem saber o que queria, até enxergar, ao fundo, a seção de literatura nacional. Então, dirigiu-se direto pra lá, desviando-se desajeitadamente, dos outros fregueses no caminho.

Parei entre as estantes, entristecida, olhando-o de longe. Uma vendedora aproximou-se de mim, simpática, sorridente:

— Posso ajudá-la a encontrar o que procura?

— Obrigada, estou apenas acompanhando... ele — respondi, apontando pro Luís, do lado oposto da loja.

Ela olhou pra ele e, de novo, pra mim. Acho que percebeu alguma coisa em meu semblante, porque me respondeu com uma expressão compadecida:

— Está bem. Fique à vontade — e se retirou discretamente.

Senti um nó apertando a garganta e quase comecei a chorar. Procurei pelo Luís, novamente, e o vi parado junto a uma estante, examinando os livros atentamente. Caminhei devagar, até lá, e, quando o alcancei, ele já tinha um livro na mão:

— Dizem que este livro é excelente. Gostaria de estar comprando ele pra mim e não pros outros.

Ele me disse aquilo de uma forma esquisita, como se estivesse remedando a si mesmo. Então, riu pra mim, de novo, daquele jeito estranho.

— Pros outros? — perguntei a ele. — Não é pros outros, Luís, é pro Jaime, seu melhor amigo! Mas, se você quer tanto assim, por que não compra um pra você também?

Ele virou o livro de um lado pro outro, examinando capa e contracapa, coçou a cabeça e me disse:

— Não, este mês, não dá. Tô apertado...

E, dizendo isto, seguiu apressado, direto para o caixa, sem me dizer mais nada, sem me esperar. Segui-o lentamente, à distância. Sentia-me triste. Sentia-me como um objeto, uma sacola de trastes velhos esquecida num canto. Tudo bem, eu o tinha feito esperar mais de meia hora, quase uma hora, na verdade, mas não precisava dele me tratar daquele jeito! Pior: não era esse o jeito que ele me trataria, normalmente, numa situação daquelas. Será que tinha acontecido alguma outra coisa? Por que ele estava tão estranho comigo?

Luís demorou-se um pouco, primeiro na fila do caixa e, depois, no tumulto do balcão de entrega. Por fim, saímos da livraria, caminhando pelo corredor do shopping, distraídos um do outro. Eu, triste, já me perguntava se iria mesmo ao aniversário do Jaime; ele... bem, não sei; ele ia calado, pensando em alguma coisa. Mas, de repente, parou, me olhando. Na verdade, não olhava para mim; seu olhar apenas me atravessava; ele continuava perdido em seus pensamentos. Então, abriu a sacola com o livro que acabara de comprar, procurou algo por um instante e, de dentro dela, puxou o cupom fiscal. Olhou-o de um lado e virou-o. Fez isto duas vezes e, com um breve sorriso, pediu-me:

— Segura pra mim um minutinho...

E, passando-me a sacola com o livro, afastou-se rapidamente, de volta, pelo caminho que acabáramos de percorrer. Durante um instante, fiquei sem saber o que fazer: ia atrás dele ou o esperava ali? Aonde ele fora, afinal? Enquanto eu tentava me decidir, ele sumiu no meio dos transeuntes. Então, sentei-me num banco próximo pra esperá-lo; um banco ladeado por duas caixas de madeira que serviam, ao mesmo tempo, de cachepô e de lixeira. De cada lado, uma palmeirinha esmirrada. Por um instante, olhando em volta, distraí-me de minha angústia: pessoas passavam indo e vindo, casais de namorados, mães de mãos dadas com filhos pequenos, pequenos grupos de adolescentes... como numa praça, só que estávamos, todos, presos dentro de um prédio. Olhei para o teto cheio de luminárias — o nosso céu estrelado... Lembrei de ter lido que, em algum lugar, havia uma cidade com vários quarteirões subterrâneos — onde seria? Canadá? Dinamarca? Sei lá, um daqueles lugares que parecem perfeitos pra se viver. Naquela imensa caverna artificial, havia de tudo: lojas, cafés, restaurantes... e, certamente, estrelas; estrelas como aquelas que, agora, iluminavam o céu daquela praça em que eu me sentara. "Um shopping, afinal, não é tão diferente de uma cidade subterrânea" — pensei. — "Será que algum dia viveremos, todos, em cidades assim? A superfície está ficando tão hostil: calor insuportável, poluição, tempestades horrorosas, enchentes. Enchentes... E quando houvesse enchentes, lá em cima, as cidades subterrâneas se inundariam?"

— Pronto!

Luís estava de volta, tirando-me dos meus devaneios:

— Onde você foi, querido? Nem me esperou...

Ele me olhou, mais uma vez, com aquela expressão estranha. Parecia estar rindo de mim:

— Voltei à livraria.

— À livraria? Pra quê? Você nem me esperou...

— Pra isto: — ele respondeu, levantando uma sacola igual à que ele me deixara segurando.

— Você comprou outro livro?

— Não. Veja: — e retirou, de dentro da sacola que ele acabara de trazer, um livro idêntico ao que acabáramos de comprar.

— Resolveu comprar outro pra você?

— Não. Não comprei.

— Então...

— Veja: — ele me disse, mostrando o cupom fiscal que acabara de retirar da sacola.

Eu olhei:

— É a nota do livro. Então, você comprou outro livro igual!

— Não, você não está entendendo. Veja aqui: — E me apontou o carimbo.

— "Entregue". — Eu li em voz alta. — É claro que o livro foi entregue, ele está na sua mão! E isto significa que você comprou outro livro igual! — respondi, agora com alguma impaciência.

Ele riu. Uma risada debochada que eu nunca o vira rir, ainda mais pra mim.

— É que, quando eu peguei o primeiro livro no balcão de embrulhos — ele explicou —, eles esqueceram de carimbar a nota.

— E daí? — perguntei, ainda sem entender.

Ele fez um sinal com a mão para que eu o acompanhasse e, quando o alcancei, me explicou, com a voz mais baixa, enquanto caminhava:

— Voltei lá com a nota e disse à outra moça, na seção de embrulhos, que eu ainda estava esperando o livro...

— Você o quê? — perguntei, parando no meio do corredor, sem querer acreditar no que ouvira. — Ah, deixa de infantilidade, Luís. Olha, se você estava muito a fim desse livro e resolveu comprar outro pra você, tudo bem. Uma loucurinha de vez em quando, pra nos dar alguma satisfação, não é pecado nenhum. O dinheiro é seu, ganho com seu trabalho, e você tem direito de se dar um presente de vez em quando! Não precisa ficar inventando mentiras bobas, assim, igual criança.

— Não estou inventando nada. Voltei lá, com a nota fiscal do livro do Jaime, e pedi outro. Você não se lembra? O livro do Jaime está embrulhado pra presente!

Abri a sacola que ele deixara comigo, procurando o cupom fiscal do livro que compráramos juntos. Não estava na sacola, claro: eu o vira tirá-lo dali.

— Vamos! — eu disse a ele chateada — cadê a nota? Onde você pôs?

— Está aqui!

E ele mostrou a mesma nota, de novo.

— Você está de brincadeira, não está? Diz que você está de brincadeira.

— Não, ué. Eles não carimbaram a nota, eu fui lá e peguei outro livro.

Olhei bem pra cara dele e ele me respondeu com um risinho sarcástico de canto da boca. Ainda sem querer acreditar, eu lhe disse:

— Então, tá. Então me diz que você está falando sério. Você está falando sério, Luís? Você voltou lá na livraria e pegou outro livro igual ao que nós havíamos acabado de comprar, usando a mesma nota fiscal?

— Estou falando sério! — respondeu ele. E, agora me remedando, continuou — Eu voltei lá na livraria e peguei outro livro igual ao que havíamos acabado de comprar, usando a mesma nota fiscal.

E arrematou com ares de espanto:

— Qual o problema?

Não tive palavras pra responder. Não sabia o que me doía mais, se a confissão da desonestidade deslavada ou a forma debochada com que ele me respondera. Fiquei apenas olhando pra ele, incrédula, sem saber o que fazer, sem saber o que dizer.

— Por que você está me olhando assim?

— Não estou te reconhecendo, Luís. O que está acontecendo com você? Você pirou? Surtou?

Ele riu:

— Você é engraçada...

— Engraçada, eu? Pois eu estou me sentindo destruída! Traída! Sem chão!

— Por quê? — perguntou ele, com aquele ar inocente, de quem realmente não estava entendendo.

— Não, peraí! — interrompi a conversa, confusa. — Repete. Eu devo ter entendido alguma coisa errada. Você voltou lá na livraria e pegou outro livro, usando o mesmo cupom fiscal que a moça da livraria esqueceu de carimbar com um "Entregue"?

— Foi! — Ele respondeu, impaciente. — Já te disse: fui lá na livraria, de novo, e peguei outro livro igual, com a mesma nota fiscal. Qual é o problema? Se eles não carimbaram a nota, problema deles!

Por um momento, fiquei petrificada. Então, num impulso, tomei o livro da mão dele e saí, apressada, em direção à livraria.

— Ei! Onde você vai? Me devolve esse livro!

Ele veio me seguindo:

— Clara, onde você vai? Volta aqui? Clara! Clara!

Mas cheguei à porta da loja e entrei sem lhe dar ouvidos. No meu desespero, fui direto ao caixa, furando a imensa fila:

— Moça, quero pagar este livro.

Mas ele, chegando por trás de mim, tomou o livro de minha mão:

— Não, moça. Eu já paguei, a nota aqui, ó! — E balançou a nota com o "Entregue" bem à mostra para ela ver.

A moça me olhou, com cara de quem não estava entendendo nada. Olhei para ela, sem graça, enquanto dava um suspiro de alívio, pensando: "então, era só uma brincadeira!"

Mas o alívio transformou-se imediatamente em fúria: como ele podia fazer uma coisa dessas comigo? Saí do caixa, indignada, passei pelo Luís, que enfiava o livro na sacola junto com o outro, e me dirigi, muda, à porta da loja. Saí pelo corredor e, sem esperar por ele, segui apressada em direção ao estacionamento.

— Clara! Clara! Espere.

Mas eu não esperei. Fui me enfiando, quase correndo, entre as pessoas no corredor. Luís nunca aprontara uma daquelas comigo, sempre fora tão delicado e carinhoso. O que estava acontecendo, ele surtara? E ainda me fazer passar por aquele papel ridículo! Que vergonha! E a cara da moça do caixa, me olhando? Deve ter pensado: "Essa mulher é louca!"

— Clara! — Ouvi ele chamar. E, então, após um barulho de pacotes caindo e um grito de mulher, ouvi-o dizendo:
— Desculpe, minha senhora!
Olhei pra trás: ele, tentando me alcançar, acabara de trombar em uma mulher, mas nem parou pra ajudá-la a recolher os embrulhos que ele a fizera jogar ao chão, continuou caminhando rapidamente em minha direção, gesticulando e me chamando. Apressei-me e, ao sair no estacionamento, comecei a correr. Ele só me alcançou quando cheguei ao carro. Parou a um passo de mim, olhando-me, mudo, como se procurasse algo pra dizer.

Cruzei os braços em frente à porta do acompanhante, esperando ele destrancá-la. Ele deu a volta no carro, destrancando-o pela porta do motorista. Entrei calada no carro. Ele sentou-se ao volante e fechou a porta. Depois de um momento de silêncio, perguntou-me, sem graça:
— Você não ia comprar alguma coisa antes de ir embora?

Claro que eu ia. Havíamos combinado de virmos juntos pra ele procurar um presente e eu um vestido pra ir ao aniversário do Jaime. Mas, agora, eu não queria vestido nenhum, não queria mais ir ao aniversário, não queria nada. Só queria ir embora dali. Foi o que disse a ele:
— Não. Vamos embora!
— Poxa, Clara, que bronca...

Possessa, explodi:
— Que bronca? Eu vou te explicar a bronca: você me fez de boba, só isto! Você não podia, pelo menos, ter me falado que estava brincando, antes d'eu ir fazer aquele papel ridículo no caixa da livraria?
— Brincando, eu? Mas eu não tava brincando. E foi você quem resolveu voltar ao caixa. Agora, não venha me culpar.

— C-como assim? Você não estava brincando?
— Eu, brincando? Brincando de quê?
— Luís, pelo amor de Deus! Você vai me deixar louca! Vou ficar louca desse jeito! Você não disse pra moça do caixa que você já tinha pago e não mostrou o outro cupom fiscal pra ela?
— Outro cupom? Que outro cupom, Clara? Eu não te disse que peguei outro livro com o mesmo cupom?
— Luís! Não estou acreditando! Você não percebe que roubou esse livro? Pelo amor de Deus, um cara da sua idade, aplicar um golpezinho desses? Você não tem vergonha?

Ele me olhou com uma cara impaciente; com cara de quem não apenas não via nada de mais no que acabara de fazer, mas cara de quem estava lidando com uma idiota. Não me contive. Comecei a chorar convulsivamente. Com ódio dele, desci e saí correndo entre os carros no estacionamento.

— Clara! Clara! Volta aqui! Aonde você vai, sua doida? — Ouvi ele gritando, lá de dentro do carro.

Eu não sabia aonde ia. Indignada, assustada, só sabia que não queria entrar naquele carro de novo. Aquele não era o noivo que eu conhecia! Luís tinha surtado! Alguma coisa tinha acontecido e ele estava louco e, agora, eu estava com medo dele.

Ouvi ele abrindo a porta:
— Clara, vem cá!

Mas eu me meti no meio dos carros e me escondi atrás de uma van. Pelas janelas dela, eu o vi me procurando. Rodeei a van pra me esconder e, depois que ele passou me chamando, corri até o ponto de táxi, que vi do outro lado do estacionamento, e entrei no banco de trás do primeiro carro da fila.

— Bom dia, senhora. Pra onde deseja ir?

Percebi que o motorista me olhava pelo retrovisor, atento à minha cara de choro. A casa de minha mãe seria muito óbvia e Luís me acharia lá rapidamente, e tudo o que eu queria, naquela hora, era distância dele. Não queria conversa. Dei ao motorista, então, o endereço da casa de tia Alzira. Precisava me recuperar; botar a cabeça no lugar, acalmar-me e pensar.

Não queria contar o ocorrido pra ninguém, nem pra tia Alzira, mas, chegando lá, fui denunciada pela minha cara:

— Clara, querida! O que foi?
— Nada, tia. Passei só pra ver como a senhora estava...
— Entra, vou fazer um chá pra você.

Em vez de acompanhar minha tia à cozinha, como faria normalmente, joguei-me no sofá e lá fiquei, a cabeça borbulhando, confusa, ainda sem entender direito o que havia acontecido. Roubo ou brincadeira? Tanto fazia, nenhuma das alternativas combinava com o Luís. O que estaria acontecendo? Ele não podia estar no seu normal. Alguma coisa devia tê-lo transtornado e ele saiu de si. Mas o quê? Ele estava tão bem até o dia anterior... Ou será que eu ainda não o tinha conhecido realmente? Será que eu podia estar tão iludida sobre o caráter de uma pessoa com quem eu convivera tão intimamente, nos últimos três anos?

— Pronto, minha filha. Um chá de camomila pra te acalmar...

Eu não queria tomar chá nenhum, mas, em respeito à tia Alzira, peguei a xícara.

Queimei a língua com o primeiro gole e, gritando "ai!", levantei-me bruscamente, derramando mais do chá quente no meu colo. Não me contive: comecei a chorar convulsivamente, tremendo toda e derramando chá no tapete. Tia Alzira, de olhos arregalados, pegou a xícara na minha mão, colocando-a sobre a mesinha de centro:

— Calma, minha filha, calma! O que aconteceu? Você está me deixando assustada desse jeito.

— Não foi nada, tia. Não foi nada. Apenas preciso me acalmar.

Tia Alzira sentou-se na poltrona à minha frente e, com ar preocupado, esperou pacientemente, até que eu lhe explicasse o que havia acontecido.

— Roubo, minha filha? Não é possível. Não, o Luís não seria capaz de uma coisa dessas... Deve ter sido só uma brincadeira...

— Mas, tia, ele nunca fez uma coisa dessas comigo! Sempre foi tão companheiro, tão carinhoso. Hoje, ele parecia um adolescente mal-educado! Fiquei com medo dele, tia. Acho que ele está louco!

— Ora, minha filha, ele é um rapaz alegre. Tá certo, ele exagerou um pouquinho, mas não precisa ficar assim. Com certeza, foi só uma brincadeira.

"E se fosse brincadeira? 'Só' uma brincadeira?" — Pensei — "Se fosse, teria sido uma brincadeira de péssimo gosto, feita por um cara insensível, por um idiota grosseirão. E não era esse tipo de homem que eu queria ao meu lado!"

O telefone tocou. Tia Alzira levantou-se, dirigiu-se até o canto da sala, onde o aparelho estava, e atendeu:

— Alô!

De minha poltrona, reconheci a voz excitada de minha mãe. Minha tia respondeu, tranquilizadora:

— Não, Miriam. Não se preocupe. Ela está aqui, sim, e está bem, só um pouco nervosa...

...

Agora, já não ouvia a voz de minha mãe. Tia Alzira respondeu-a, de novo:

— Não, um mal-entendido, uma briguinha dessas de namoradinhos, né? Daqui a pouco ela sossega e vai pra casa.

...

— Pois é, deve ser TPM. A gente fica tão sensível nessas horas, né? Ainda bem que fiquei livre da minha! Nem eu me aguentava naqueles dias! — e riu gostosamente.

Não é que eu estava, mesmo, de TPM? Talvez minha tia tivesse razão. Talvez eu estivesse mais sensível e estivesse reagindo desproporcionalmente a uma simples brincadeira. Mas pensar nisto não fez diferença alguma; não me fez perdoá-lo, nem me acalmou.

— Tá bom. Vou perguntar pra ela. Espera um minutinho.

E Tia Alzira me perguntou:

— Clara, sua mãe disse que o Luís está lá na sua casa, muito preocupado. Ele está se oferecendo para vir te buscar.

Meu primeiro impulso foi responder "não!"; dizer que eu nunca mais queria vê-lo na vida. Mas não quis deixar minha mãe e minha tia ainda mais preocupadas. Então, consenti, com um aceno de cabeça.

— Ela disse que sim, Miriam. Ele pode vir buscá-la.

Então elas se despediram e Tia Alzira voltou a sentar-se comigo:

— Acho que você fez bem, querida. Vocês se conhecem há tanto tempo e ele é um rapaz tão bom. Conversa direitinho com ele e deixa ele se explicar.

"Se explicar?" — perguntei-me. — Mas não tive ânimo de responder, apenas assenti, mais uma vez, com a cabeça. Tia Alzira, então, levantou-se, pegou a xícara na mesa de centro, foi à cozinha e voltou com ela cheia de novo:

— Toma, minha filha. Procê acabar de acalmar.

Contra minha vontade, peguei a xícara e bebi, lentamente, enquanto ela enxugava o chá que eu havia derramado, com um pano que trouxera da cozinha. Não demorou muito pra que a campainha tocasse. Era o Luís.

Minha tia levantou-se e foi, depressa, atendê-lo, enquanto eu, desanimada, hesitava em levantar-me da poltrona. Ouvi-a à porta:

— Entra, Luís, ela já está vindo.

— Não, senhora, estou com um pouco de pressa — ele respondeu, aparentemente sem graça.

Mas, novamente, percebi um quê diferente naquela voz, no jeito de falar. Ele nem chamou minha tia pelo nome! Ele que a bajulava tanto! Se aquele era o "meu" Luís, ele, de fato, não estava no seu estado normal. Já estava arrependida de ter deixado ele vir me buscar; uma ponta de medo voltou a me incomodar. Mas, então, já era tarde. Fechei os olhos e soltei um suspiro, tentando controlar a angústia que já ia se apossando de mim novamente. Abri os olhos e, com outro suspiro, levantei-me e me dirigi à porta.

Despedi-me de tia Alzira e passei por Luís em silêncio, dirigindo-me pra rua. O carro estava destrancado e eu entrei. Luís estava visivelmente desconcertado, mas, a cada momento, fortalecia-se mais, em mim, a sensação de que algo mudara nele. Aquele ainda era o Luís com quem eu estivera no shopping, o louco, e não o "meu" Luís.

Ele sentou-se ao volante, ligou o carro e arrancou. Permanecemos em silêncio durante algum tempo. Eu olhava pela janela, sem vontade de conversar. Mas, enfim, ele disse, sem se virar para mim:

— Eu preciso te explicar uma coisa...

— Explicar o quê? — eu lhe perguntei, cansada e sem vontade de me desgastar mais.

— Bem, eu não sei por onde começar...

— Então não comece! — cortei-o bruscamente. — Acho melhor a gente deixar tudo do jeito que está. Quem sabe outro dia a gente conversa?

— Mas eu preciso...

— Não, Luís! Eu não estou a fim de explicações, não estou em condições de conversar agora. Por favor, me poupe. Me leva embora e pronto. Depois a gente conversa.

Achei que ele ainda ia insistir, mas eu virei a cara e ele desistiu. Seguimos em silêncio. Eu continuava olhando pra fora e ele ia concentrado na direção. Ao entrarmos na avenida, caímos em um congestionamento. Minha angústia aumentou: eu já não aguentava mais aquele clima e estava louca para sair do carro.

O trânsito fluía muito lentamente, mas, pelo menos, Luís seguia concentrado no movimento à frente e permanecia calado. Na verdade, comecei a achar que ele já havia se desligado completamente do nosso drama. Olhei de soslaio pra ele e ele parecia tranquilo, como se nada tivesse acontecido. Isto aumentou ainda mais minha angústia: ele, definitivamente, não estava no seu estado normal.

O trânsito seguia lento. Luís ligou o rádio e chegou mesmo a cantarolar a música que tocava. Fiquei irritada e ainda mais angustiada com aquela tranquilidade que ele aparentava. Será que ele não entendia a gravidade da situação? Nunca imaginei que ele pudesse ser tão frio e insensível. Fiquei a observá-lo pelo canto do olho. Aproximávamos da rua em que viraríamos à direita, já chegando à minha casa, mas ele insistia em permanecer na pista mais à esquerda. Percebi, então, que ele tinha o olhar fixo em algo à frente e que trazia um sorrisinho de canto de boca. Olhei para frente e percebi que ele olhava as grandes nádegas de uma moça que caminhava pelo canteiro central da avenida. Assustei-me; não queria acreditar naquilo! Olhei de novo pra ele e ele continuava a olhar fixamente pra moça, de quem nos aproximávamos pouco a pouco. Enquanto isso, seu sorriso maldoso se tornara mais evidente. Senti-me enojada. Então, ele abriu a sua janela e, quando alcançamos a moça, desferiu-lhe um sonoro tapa na nádega. Lá de fora, ouvi-a gritar, revoltada:

— Babaca!

Dentro do carro, eu repeti horrorizada, enquanto Luís gargalhava divertido:

— Babaca! Não acredito, Luís! Você é um babaca!

Ele emudeceu subitamente e me olhou, vermelho e assustado, como se tivesse esquecido da minha presença ao seu lado:

— Desculpe!

— Desculpar?! Seu nojento! Nunca imaginei que você fosse capaz de uma coisa dessas! Você surtou?

E, pela segunda vez naquele dia, aproveitando que o trânsito tinha parado de novo, abri a porta do carro e saí correndo, voltando apressada e aos prantos pra casa. Ao chegar, destranquei a porta da rua com alguma dificuldade e entrei correndo. Tranquei-me no meu quarto e joguei-me na cama, que ainda estava desarrumada, como eu a havia deixado, ao me levantar. Minha mãe veio, aflita, tentou entrar e, não conseguindo, perguntou assustada, do outro lado da porta:

— O que foi, minha filha, o que foi?

— Nada, mãe. Nada! — Eu gritei aos prantos.

— Como, nada? Primeiro você briga com o Luís no shopping e some, deixando o rapaz como um louco à sua procura. Depois, chega em casa desse jeito... O que está acontecendo, pelo amor de Deus?

— Não sei o que está acontecendo, mãe! Ou eu não conhecia esse cara e ele é um babaca ou ele está louco, surtou!

— Abra esta porta, minha filha. Vamos conversar. Por favor...

Levantei-me a contragosto e abri a porta. Ela me olhou, assustada, e eu, desanimada, joguei-me na cama. Ela se sentou ao meu lado e, segurando minha mão, pediu-me:

— Por favor, minha filha, conte-me o que aconteceu.

Dei um longo suspiro, fazendo um esforço pra me acalmar e, então, contei a ela o caso do livro e, depois, o que ocorrera na volta pra casa.

Ela ficou em silêncio um momento e, finalmente, disse:

— Que coisas horríveis... Se não fosse você quem estivesse contando, minha filha, eu não acreditaria. É difícil imaginar que o Luís seja capaz de fazer coisas assim...

— Era o que eu achava, também, mãe — respondi chorando.

— Mas, se ele não era capaz, agora é, surtou!

Ficamos, ambas, em silêncio durante algum tempo. Ela acariciava minha mão, enquanto olhava, ensimesmada, para a janela.

— Será, minha filha? Será que ele enlouqueceu?

— Não sei, mãe, não sei! — Respondi, ainda chorando.

Ela ficou em silêncio mais algum tempo e, depois, me disse:

— Sabe de uma coisa? Ele não estava muito normal mesmo quando veio te procurar aqui, mais cedo. Achei que era porque vocês tinham brigado... — e fez uma pausa — mas, ele não estava só nervoso ou preocupado; ele estava esquisito também... o jeito de falar, de gesticular... como se fosse outra pessoa... e não falava coisa com coisa.

— Como assim, mãe? — perguntei soluçando.

— Sei lá... Você acredita que ele me perguntou onde sua tia morava, antes de ir te buscar? E teve uma hora que ele resmungou alguma coisa e eu achei que ele tinha falado "O Luís vai me matar!"

— Como assim, mãe?

— Achei que tinha ouvido mal e perguntei pra ele: "O quê?"
— E o que ele respondeu? — interrompi espantada.
— Ele desconversou. Disse "nada, não" e ficou resmungando umas coisas que eu não entendi. Foi, então, que pensei que você poderia estar na casa da Alzira. Aí, eu o deixei falando sozinho e fui ligar pra ela.

Ficamos, ambas, em silêncio. Então, eu lhe disse:
— Ah, mãe, tô tão cansada... Acho que vou dormir um pouco.
— Está bem, minha filha. Dorme, então. Vai te fazer bem... você quer um calmante, uma água com açúcar?
— Não, mãe, não precisa.

Deitei-me e ela me cobriu, beijou o meu rosto, deu um longo suspiro, e saiu murmurando consigo mesma. De olhos fechados, ouvi ela se afastando, depois de fechar a porta cuidadosamente.

Não consegui dormir, a cabeça fervilhando. Assustei-me ao perceber que desejava que Luís estivesse ao meu lado para me consolar e, aí, lembrei-me daquele outro Luís que acabara de conhecer e que, no período de uma manhã, roubara minha felicidade, roubara-me o chão... Então, senti nojo dele; já não o queria ao meu lado. Desesperei-me ao perceber que ele roubara, também, o amigo que eu me acostumara a procurar em busca de apoio e consolo. Senti-me deprimida, vazia, desamparada...

Chorei baixinho para não chamar atenção de minha mãe. Ao pensar nela, lembrei-me de uma vez: eu tinha uns onze anos e estava muito triste no colo dela. Ela me aconchegava dentro de seu abraço enquanto acariciava meus cabelos. Lembrei-me, de ter pensado, naquela hora, já mais tranquila, o quanto era bom ter mamãe para me consolar; lembrei-me de ter ficado assustada, então, quando pensei na possibilidade de, um dia, não a ter mais por perto, quando eu estivesse triste. Mas, no ano passado, quando meu cachorrinho, o Tampinha, morreu, foi o Luís que eu procurei em busca de consolo. Foi abraçada a ele que eu me acalmei, sentada no sofá da sala. E eu pensara, então: "Como é bom ter um companheiro compreensivo e carinhoso para me apoiar nos momentos de tristeza". E decidi, naquele dia, que eu queria dividir o resto de minha vida com ele. Um nó apertou minha garganta e comecei a chorar convulsivamente. "E o que a gente faz, quando a pessoa a quem nós queremos pedir socorro e consolo é a mesma pessoa que nos feriu e magoou? Quando aquela pessoa passa a te despertar medo e repulsa?" Foi a última coisa que eu me lembro de ter pensado, antes de dormir.

Dormi por horas, porque, ao acordar, o quarto já estava imerso na penumbra do entardecer. Fiquei confusa por um instante, com a impressão de estar acordando de uma noite de pesadelos. Mas, aos poucos, fui me lembrando da manhã e, triste, deixei-me ficar na cama, vazia e desanimada. Não sei quanto tempo estive ali, antes de ouvir a campainha tocar, mas, então, já era noite. Ouvi minha mãe passando diante da porta do meu quarto, em direção à sala. Ouvi sua voz, abafada, conversando com alguém. Pareceu-me a voz do Luís. Então, lembrei-me do aniversário do Jaime e comecei a chorar de novo.

Minha mãe bateu de leve na porta e me chamou baixinho:

— Clara... Clara. O Luís tá aí...

Não consegui responder e ela bateu, de novo, agora um pouquinho mais forte:

— Clara, você está bem, minha filha?

Com algum esforço, respondi:

— Tô, mãe...

Fez-se uma pausa e ela repetiu, com voz insegura:

— O Luís tá aí...

Fiquei em silêncio. Não sabia o que responder; não sabia o que fazer. Tive vontade de pedir a ela para mandá-lo embora, mas, coitada, esse problema era meu, não dela. Eu tinha que resolvê-lo. Ela insistiu:

— Clara?

— Tá bom, mãe. Já vou.

Ouvi os passos dela se afastando. Levantei-me e, automaticamente, peguei o celular, em cima da mesinha de cabeceira. Apagado. Liguei-o na tomada e, depois de alguns segundos, a tela se encheu de avisos de mensagens e telefonemas não atendidos. Toquei a tela, mecanicamente, e apareceu o aviso de uma mensagem enviada pelo Luís às sete e trinta da manhã. Não tive vontade de ouvi-la. Coloquei o celular de volta e fiquei sentada na cama, sem coragem de me levantar. Mamãe bateu à porta de novo:

— Filha, o Luís está te esperando. Você não vai ao aniversário do Jaime com ele?

— Já vou, mãe — eu respondi desanimada. — Peça a ele para esperar um pouco, preciso ir ao banheiro.

Na realidade, não queria mais ir ao aniversário. Decidi alegar um mal-estar por causa da TPM e dizer que eu não iria mais. Assim, eu ganharia mais uma noite para me recuperar daquela manhã horrorosa e tomar coragem pra desfazer nosso noivado. Então, peguei novamente o celular e abri a mensagem que me aguardava. Ouvi a voz jovial e amorosa do "meu" Luís:

"Querida, o chefe me chamou às pressas ao escritório. Apareceu um problema urgente e vou ter que resolver. Desculpe, não vou poder ir com você ao shopping. Mas o Lauro chegou de Brasília, ontem à noite, de surpresa como sempre, e se prontificou a ir ao shopping comprar um livro pro Jaime. Deixei meu carro com ele e estou indo de táxi pro escritório. Ele se dispôs a te levar, se você quiser ir comprar seu vestido. Tenho que sair às pressas e não vou poder aguardar sua resposta. Qualquer coisa, liga pro fixo aqui de casa e combina com o Lauro do jeito que você quiser. E cuidado!" — Ele acrescentou, rindo — "O Lauro não sou eu! *É igual, mas é diferente, v*ocê vai perceber logo. Te busco, à noite, pra irmos ao Jaime. Te amo!"

O Lauro, o irmão gêmeo do Luís! Ouvi a mensagem três vezes e, depois, tive mais uma crise de choro. Como é que eu não havia pensado nisto antes?

Na realidade, em três anos de relacionamento com o Luís, eu jamais tivera uma oportunidade de conhecer seu irmão; ele raramente vinha visitar a família e, quando vinha, era sempre sem avisar e de correria. Além disto, ele e o Luís, apesar de gêmeos, não pareciam ser muito ligados e raramente conversávamos sobre ele. Acho que foi por isto que nem me ocorreu que tinha sido o Lauro quem viera me buscar. Mas por que o idiota não se apresentara?

Minha mãe bateu na porta de novo:

— Filha, está acontecendo alguma coisa? Você precisa de ajuda?

— Não, mãe.

Corri à porta para lhe mostrar a mensagem, mas, ao abri-la, antes que eu pudesse dizer qualquer coisa, ela entrou, com os olhos arregalados e, fechando a porta silenciosamente atrás de si, cochichou:

— Filha, ele está lá, normal, aquele Luís de sempre, simpático, bem-humorado...

Então, eu lhe disse, ligando a mensagem:

— Ouça o que ele me mandou hoje de manhã!
Ao fim da mensagem, ela estava com os olhos ainda mais arregalados e boquiaberta:
— Então, então... — e caiu na gargalhada.
Eu ri um pouco com ela, mas ainda sentia um desconforto por dentro.
— Vai, mãe. Vou lavar o rosto, escovar os dentes e vou lá.
Cheguei à sala e o Luís abriu aquele seu sorriso encantador, apesar da expressão aflita:
— Ei, querida! Você está bem? — E aproximou-se, dando-me um abraço.
Senti-me desconfortável em seus braços e tive que me conter pra não o afastar de mim:
— Sim, amor — e senti um constrangimento ao chamá-lo assim —, estou só um pouco indisposta. TPM, você sabe, né?
— Então, não vamos. Ligo pro Jaime e explico pra ele. A gente fica por aqui mesmo.
Mesmo estando tudo esclarecido, eu olhava pra ele, ali, carinhoso e sorridente, e, embora enxergasse o "meu" Luís, não conseguia mais confiar nos meus sentidos. Olhava pra ele e era assaltada pelo medo, pelo pavor de que, subitamente, ele se transformasse, mais uma vez, no ogro que me aterrorizara durante o dia. Tentei afastar aquela sensação horrível, repetindo a mim mesma que estava tudo explicado, que aquele era, de fato, o "meu" Luís, e que ele não se transformaria no seu irmão babaca. Sentia-me rasgada ao meio: por um lado, naquele momento, o que eu mais queria, o que eu mais precisava, era me aconchegar em seu abraço, sentir-me amada novamente; sentir-me segura na vida, de novo. Mas tinha medo de me aproximar, tinha medo de deixá-lo me tocar. E se ele não fosse o "meu" Luís de verdade? Meus Deus, — eu me

perguntava — será que algum dia vou conseguir confiar nele de novo?

— Não, querido — eu lhe disse, tentando esconder meus sentimentos confusos —, vá você. O Jaime é tão seu amigo. Ele vai gostar da sua presença. Eu estou me sentindo muito cansada, vou dormir. Não adianta você ficar, vai lá! Amanhã, a gente conversa.

Ele coçou a cabeça indeciso. Finalmente, disse:

— Está bem. Eu vou, mas vou ficar um pouco com você antes de ir.

E, dizendo isto, sentou-se no sofá me puxando pela mão. Enquanto eu me ajeitava ao seu lado, um tanto insegura, ele me disse:

— Não entendi direito, mas o Lauro mandou pedir desculpas pela confusão que ele aprontou. O que foi que aconteceu?

Eu dei um sorriso sem graça e, sem ânimo de reviver a manhã, apenas disse:

— Nada demais, bobagem... E por falar no seu irmão, cadê ele? — perguntei aliviada por ele não ter vindo junto — Ele não vai com você ao aniversário do Jaime?

— Não. — e continuou, com um sorriso —, Meu irmão é meio doido. Chegou, ontem, sem avisar e, hoje à tarde, sem mais nem menos, falou que estava indo embora. Disse que tinha se esquecido de um compromisso importante e que tinha que voltar correndo pra Brasília. Quando ele me disse isto, já tinha trocado o horário do voo dele e o táxi já estava à porta, esperando pra levá-lo ao aeroporto.

— Nossa! — respondi espantada.

— Sabe — ele continuou —, o Lauro é meio maluco, meio cínico. Às vezes, até meio grosso, mas tem um bom coração. Quando eu pedi a ele pra comprar o presente do Jaime, comentei que o livro era excelente e que eu gostaria de estar comprando pra mim mesmo. Você acredita que ele chegou lá em casa com dois exemplares do livro e me deu um de presente? E olha que ele tinha me falado que andava na maior dureza e que só conseguira vir nos visitar porque comprara a passagem à prestação meses atrás! Ele não foi legal?

— É... — foi tudo o que consegui responder.

Tião Jornel

DOMINGO DE MANHÃ: ACABAVA-SE A PRIMEIRA NOITE NA casa nova. O sábado fora dia de mudança; dia pesado, carregando e arrastando caixas e móveis. O corpo estava dolorido e eu ainda estava com sono. Na realidade, eu ainda dormia pesadamente, quando fui despertado pelos gritos vindos da rua:

— Ao jor-nel! Ao jor-nel! Aaaao Diiiiiii-ário! Ao Diário! Dipromata marciano recebido no Palaço do Pranalto!

Abri os olhos e, a princípio, não reconheci o lugar em que estava; olhei para o lado e vi Marília que, aparentemente, estava nas minhas mesmas condições: olhava em volta, como se tivesse acabado de acordar, também perdida em nosso quarto novo.

— Dipromata marciano recebido no Palaço do Pranalto! Ao jor-nel! Ao jor-nel! Aaaao Diiiiiii-ário! Ao Diário!

— O que é isto? — ela me perguntou.

Antes que eu pudesse responder, novo grito:

— Ao jor-nel! Ao Diiiiiii-ário!

— Um jornaleiro... — eu disse, quase para mim mesmo.

— Achei que eles não existissem mais — comentou Marília.

E, então, mais uma vez, o jornaleiro repetiu a manchete:

— Dipromata marciano recebido no Palaço do Pranalto! Ao jor-nel!

— Mas o que é isto? — perguntou ela.

— Não sei... parece que ele vende um jornal de outro mundo...

Rimos juntos e nos abraçamos, levantando-nos em seguida.

A voz do jornaleiro ia se distanciando, mas ainda podíamos distinguir claramente suas chamadas:

— Ao jor-nel! Ao jor-nel! Aaaao Diiiiiii-ário! Ao Diário! Dipromata marciano recebido no Palaço do Pranalto!

E foi assim que o Tião Jornel se apresentou a nós. Mas conhecê-lo mesmo, pessoalmente, só foi acontecer no domingo seguinte. Já descansados da mudança, havíamos acordado cedo e circulávamos pelo jardim, quando sua voz nos alcançou, vinda da esquina lá adiante:

— Ao jor-nel! Ao jor-nel! Aaaao Diiiiiii-ário! Ao Diário!

Eu e Marilia paramos, ambos sorrindo, em silêncio, aguardando pela manchete. Ela veio em seguida:

— Prefeitura manda prantá frô na favelinha!

— Vamos comprar um jornal desse cara? — Marília me perguntou.

— Claro! — respondi, já correndo para buscar a carteira no quarto.

Ficamos os dois parados em frente ao portão, aguardando o surgimento do jornaleiro, que vinha pela rua de cima, gritando seu chavão:

— Ao jor-nel! Ao jor-nel! Aaaao Diiiiiii-ário! Ao Diário! Prefeitura manda prantá frô na favelinha!

Antes que ele aparecesse na esquina, nosso vizinho de lado chegou, sorridente, ao portão de sua casa:

— Bom dia! — ele nos cumprimentou. — Então vocês são os novos vizinhos!

— Bom dia! — respondemos eu e Marília em uníssono.

— Sim, somos. Mudamo-nos no domingo passado — respondi, enquanto apertava sua mão.

— Haroldo, prazer!

— Roberto, muito prazer. Esta é minha esposa, Marília.

Eles trocaram um aperto de mão e Haroldo perguntou, sorrindo:

— Estão aguardando o Tião?

— Tião? — perguntou Marília.

— É — ele respondeu, rindo gostosamente —, o Tião Jornel, o jornaleiro.

Nós rimos:

— Sim, estamos.

— De que mundo ele veio? — perguntei a Haroldo.

Ele gargalhou:

— Não sei, mas torna o nosso mundo mais divertido.

A voz de Tião se fez ouvir de novo, agora mais perto:

— Ao jor-nel! Ao jor-nel! Aaaao Diiiiiii-ário! Ao Diário! Prefeitura manda prantá frô na favelinha!

Enquanto isto, outros vizinhos haviam saído de suas casas e subiam a rua, lentamente, cumprimentando-se uns aos outros alegremente. Chegaram até nós, cumprimentaram o Haroldo, que nos foi apresentando a eles. Fomos interrompidos por um grito na esquina:

— Ao jor-nel!

Todos rimos e caminhamos em direção ao Tião, que descia a rua, empurrando um carrinho de supermercado cheio de jornais:

— Ao jor-nel! Ao jor-nel! Aaaao Diiiiiii-ário! Ao Diário! Prefeitura manda prantá frô na favelinha!

— Bom dia, Tião! — exclamou o Haroldo.

— Bom dia, seu Haroldo!

E foram todos cumprimentando o jornaleiro, que respondia a todos pelo nome. Haroldo foi logo nos apresentando:

— Olha, Tião, esses aqui são nossos novos vizinhos, Marília e Roberto.

— Bom dia, dona Marília; bom dia, seu Roberto. Vai um jornalzinho aí?

— Vai, sim, Tião, mas e essa manchete aí?

— "Deputado é fragado recebeno propina" — ele leu no jornal que tirou do carrinho, antes de me entregá-lo.

— Ué, mas não era esta manchete que você estava gritando agorinha.

— Discurpa, dotô, mas é que o jornal com aquela nutiça já acabô.

Todos riram.

— Então, você vende mais de um jornal? — perguntei rindo, enquanto lhe entregava o dinheiro.

— Não, eu vendo é só um. Só o Diário, mesmo.

— E o outro, da outra notícia? — perguntou Marília, divertida.

— O ôtro é meramente ilustrativo, dona.

Todos caímos na gargalhada.

Tião, rindo conosco, explicou ainda:

— É que as nutiça do mundo tão muito sem graça, muito ruim. Quem ia saí de casa, domingo de manhã, pra comprá um jornel que só fala de corrupçã e violênça?

E, agora, ele não ria mais:

— Essa noite, os puliça entraro na nossa Favelinha de novo. Diz que foi atrás de traficante, mas quem morreu foi um garoto de dez ano, que dormia numa cama encostada na parede. Bala perdida; furô a parede e pegô o minino na cabeça. Quase nem vim vendê o jornel. A nutiça já taí pr'ocês lê. Hoje foi nossa vez de ajudá enchê o jornel...

Sua voz era triste. Todos ficaram em silêncio.

— Era parente seu, Tião? — perguntou uma das nossas vizinhas.

— Na Favelinha nóis é tudo parente, dona Gisele. Todo mundo é irmão, pai e filho de todo mundo. Mudá pra Favelinha é igual nascê de novo: é ganhá uma família nova.

Novo silêncio. Marília, num impulso bem típico dela, adiantou-se e abraçou o jornaleiro:

— Sinto muito pelo seu irmãozinho, Tião.

Eles ficaram abraçados por alguns segundos e, quando se soltaram, tinham, os dois, os olhos cheios d'água. Eu tinha um nó na garganta quando passei os braços pelos ombros dela e a puxei para perto de mim. Em volta, todos pareciam emocionados, mas nenhum de nós foi capaz de dizer mais nada.

Foi Tião quem quebrou o silêncio, ainda com a voz carregada de emoção, enquanto entregava jornais e recebia os pagamentos:

— Deus abençoa ocêis. Tenho que seguí viage, que o carrinho ainda tá cheio.

E, dizendo isto, virou-se, de volta para a esquina de onde surgira. Continuamos mudos; uns enrolaram seu jornal na mão, outros enfiaram-no debaixo do braço e o grupo se desfez, em silêncio.

Da rua de cima, já no quarteirão seguinte, ouvimos Tião Jornel:

— Ao jor-nel! Aaaaaao Diiiiiiiii-ário! Anjo desce do céu pra consolá jornalêro!

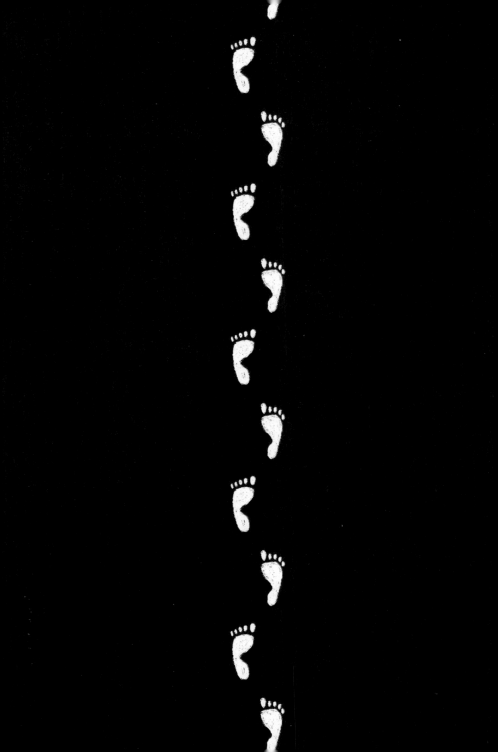

O belíssimo pé de Zé Messias

ZÉ MESSIAS ERA UM FAXINEIRO COMO OUTRO QUALQUER, exceto por duas coisas: ele era faxineiro de uma grande produtora de vídeos (o que, como todo mundo sabe, nem todo faxineiro é); e ele tinha um cuidado com os próprios pés que nenhum faxineiro (ou qualquer outra pessoa) tem. Aliás, os infortúnios do Zé começaram quando seus colegas de trabalho perceberam aquela mania dele. A coisa já estava naquele ponto em que a sua sexualidade é que tinha se tornado o eixo das conversas sobre o assunto — afinal, o século XXI já ia se acelerando, mas as ideias continuavam estacionadas nas décadas passadas: as conversinhas e os risinhos já não eram tão discretos, e homens e mulheres já começavam a gozá-lo abertamente, em evidente demonstração da homofobia mal disfarçada... Foi neste ponto que a coisa desandou de vez...

Mas vamos pelo início: tudo começou com uma inocente conversa com a Marlene, que o Zé tinha como amiga das de verdade, e por quem ele nutria certa queda. Foi num dia em que os dois se encontraram no corredor do prédio em que trabalhavam — ele varrendo e ela levando o lixo do banheiro feminino...

— Uai, Marlene, mancando?

— Tô com uma unha encravada que tá me matando, Zé.

— Coitada, mas deve de ser por causa desse sapato apertado que você usa – isso é desgraçado pra encravar unha.

— Como assim, Zé?

— O sapato aperta o dedão; a pele espremida entra na frente da unha; a unha quer crescer, encontra a pele no caminho e vai rompendo, entrando na carne.

— Ô, Zé, mas eu corto a unha bem rentinho...

— Nos cantinho também?

— É claro!

— É pior! Com a unha curta, aí que a pele em volta fica mais à vontade pra crescer e a carninha do dedo de apertar em volta da unha...

— Que conversa é essa, Zé? Você num entende direito nem de varrição, agora tá metido a médico de pé, é?

— Não, Marlene, eu também tive esse problema; fui parar no médico e tive de fazer cirurgia, cortar a carne em volta da unha; um sofrimento danado. O médico me falou que a gente num sabe tratar bem dos pé, e me explicou essas coisa toda; depois também fui lendo umas coisas e, outras, a minha pedicure me explicou...

— Sua o quê?

Com aquela revelação, a sorte de Zé Messias fora lançada sem que ele tivesse percebido. Dez minutos depois, quando aquele bate-papo terminou e o Zé havia explicado tudo sobre a pedicure, os cuidados que ele tinha com os seus pés e os cuidados que todos deveriam ter para manter a pele dos pés sempre macia e sadia, ele achou que havia conquistado um lugar especial no coração da Marlene e que, então, eram mais amigos do que nunca. Bobagem de homem ingênuo: dois minutos depois, sua colega já estava fazendo, para a Joceny, um relato minucioso e exagerado de como ele cuidava dos pés. E aí, a notícia se espalhou que nem fogo na palha. No dia seguinte, às sete da manhã, quando bateu o ponto, ele achou meio estranho o jeito com que o Alfredão porteiro o cumprimentou:

— E aí, Zé, como vão os pé?

Às nove, mesmo com toda a sua ingenuidade, ele já tinha se dado conta do belíssimo serviço que Marlene lhe estava prestando, e os seus pés já eram mais comentados que o assassinato da noite anterior na novela das oito. E a gozação era tamanha que ele nem chegou a perceber o estrago que seu coração havia sofrido; a mistura de mágoa e vergonha, e o atordoamento com aquela sensação de céu caindo inesperadamente sobre sua cabeça ainda não lhe haviam permitido perceber a dor agudíssima do amor traído que lhe roía os mais íntimos cantos da alma.

Pois bem, foi nesse estado de coisas que o destino veio lhe dar o golpe fatal.

Era hora do almoço e o Zé, para fugir da gozação dos colegas de trabalho, foi usar o banheiro do terceiro andar, o banheiro privativo dos figurões da produtora. Ali, faxineiros só entravam para fazer a limpeza e, ainda assim, quando apareciam com seus instrumentos de trabalho, eram recebidos com olhares de censura por algum diretor que por lá estivesse se aliviando. Mas o Zé tinha uma boa desculpa para estar ali — a limpeza daquele banheiro era sua responsabilidade; responsabilidade que ele cumpria com zelo tal, que já lhe havia rendido elogios do encarregado (e despeito dos colegas) nas reuniões mensais de avaliação. E lá estava o Zé. Depois de esvaziar a bexiga, sentou-se no banco ao lado do espelho e retirou as botinas para deixar os pés tomarem um pouco de ar. Pegou o creme que sempre trazia na pochete fora de moda (e que, agora, era apontada pelos colegas como evidência de sua bichisse) e começou a massageá-los; primeiro o pé esquerdo, depois o direito. E fazia isto distraído, ensimesmado, relaxando-se aos poucos com a automassagem, quando entrou o seu Walter Dedê, diretor de comerciais para a TV. Justo o Walter Dedê: no ambiente informal da produtora, ele era o mais ranzinza, mais posudo e mais pão-duro dos diretores! Zé se assustou. De um pulo, pôs-se de pé, olhando em volta, em busca do rodo que explicaria sua presença ali (mas não os seus pés descalços e a bisnaga de creme).

Walter olhou com o olhar superior que era de se esperar e, naquela inspeção reprovadora que vai da cabeça aos pés, deu com os pés descalços do Zé. Primeiro seu rosto foi tomado por uma expressão de surpresa, transmutada em seguida num largo sorriso e numa alegria e excitação inesperadas. O Zé, já escaldado com as gozações das últimas horas, escondeu o pé direito debaixo do pé esquerdo e, achando finalmente o rodo encostado na parede ao lado, tampou o pé esquerdo com o pano de chão que estava enrolado nele. Ele já começara a gaguejar, balbuciando uma desculpa que ainda não conseguira inventar, mas foi interrompido:

— Mas que pé mais liiiiiiiindo! — exclamou Walter Dedê, espremendo as faces entre as mãos.

"Até os figurão da produtora já entraram na jogada!" — pensou Zé Messias, o sangue talhando de raiva nas veias — "Se fosse um colega da faxina ou da portaria, o cabo do rodo já ia cantar na ideia desse desinfeliz ...".

Mas, como era o seu Walter, tudo o que o Zé se deu ao direito de fazer foi engolir em seco, fechar os olhos por um instante e pensar na sua mãezinha que dependia do salário dele para comprar os remédios e de sua cesta básica para fazer suas refeições. Então, abriu os olhos e com todo o jeitinho suplicou:

— Ô, seu Walter, num caçoa não.

Mas Walter Dedê nem o escutou:

— Mostra os pés, homem; mostra os pés!

— Ô, seu Walter, não faz assim, o senhor é um homem esclarecido, bem-educado; num goza não...

— Que gozação que nada, seu Zé, deixa eu ver os seus pés!

O Zé, querendo desaparecer, querendo não ter entrado ali, querendo não ter nascido:

— Ô, seu Walter...

Mas Walter Dedê nem esperou ele concluir a frase, agarrou o cabo do rodo e tentou tomá-lo. Tentou, porque o Zé estava disposto a defender a todo custo a pouca dignidade que ainda lhe restava. Segurou firme o cabo e, para dar mais firmeza ao rodo, pressionou-o com força contra o pé, fazendo uma careta de dor.

— Deixa! Deixa eu ver os seus pés!
— Num deixo, não, senhor!

Mas não adiantou. Walter Dedê deu um safanão no cabo do rodo e jogou-o longe e, de novo com as duas mãos no rosto, exclamou com os olhos arregalados:

— Meu Deeeeeus! Você será a salvação da casa!

Zé Messias ainda quis se defender:

— Para com isso, seu Walter, num caçoa...

Walter Dedê se pôs sério e lhe disse em tom impositivo:

— Para com isto você, seu Zé! Não vê que eu não estou brincando? Amanhã, às oito e trinta da manhã, você me procure na minha sala que teremos uma conversa séria. Tenho uma oportunidade para o senhor; o senhor não vai se arrepender!

Disse e saiu, sem nem mesmo fazer o serviço que o levara ao banheiro. Saiu correndo em direção à diretoria, dando pulinhos e gritinhos, como uma criança que acabara de ganhar um brinquedo novo.

No dia seguinte, às oito e trinta, o Zé estava na porta da sala de Walter Dedê. Estava triste, cabisbaixo. Naquela madrugada, ao acordar, pensara em inventar que estava doente e mandar um recado à firma avisando que não poderia ir ao serviço. Mas de que ia adiantar? Mais dia, menos dia, teria de voltar e enfrentar as gozações dos colegas e, pior, a ira do seu Walter. Perguntara-se, ainda na cama, o que poderia ser a tal oferta do diretor. Não conseguira atinar com nada; achou que, talvez, ele fosse despedi-lo, que aquela conversa de oferta fosse só crueldade de patrão... "Talvez seja até bom" — pensou

—, "isto me obrigaria a procurar outro emprego e, assim, eu ficava livre, logo, daqueles porquêra".

Levantara-se com dificuldade e nem teve ânimo de tocar no assunto da tal "oferta", quando a mãe lhe perguntou por que estava tão triste... "Pra quê? Só pra dar preocupação pra ela?" Tomou com custo o café da manhã e saiu, o dia ainda clareando, para enfrentar o ônibus cheio.

Agora, ali estava ele, sem coragem de bater à porta. Mas não foi preciso: um minuto depois da hora combinada, a porta abriu-se bruscamente e Walter Dedê, tomando um susto ao topar com o faxineiro, disse-lhe severamente:

— O senhor está atrasado, seu Zé Messias!

Mas não deu tempo para o faxineiro se desculpar. Abrindo um sorriso, puxou-o para dentro e fechou a porta:

— Venha seu Zé, temos negócios a tratar!

Zé Messias foi entrando, encabulado, arrastando os pés, com vontade de voltar correndo.

— Venha, homem, sente-se aqui e vamos conversar!

Ainda ressabiado, o Zé se sentou, pondo seu destino nas mãos de Nossa Senhora da Abadia.

Walter Dedê não se fez de rogado e, eufórico, já foi falando:

— Seu Zé, seu pé será a salvação da produtora!

Desta vez, Messias nem tentou protestar. Já estava cansado de tudo aquilo e sem forças para lutar. Decidiu que ouviria, calado, as gozações que seu Walter quisesse lhe lançar, mas, dali, desceria direto para o escritório do encarregado e pediria demissão. Quem sabe o seu Antônio não topasse mandá--lo embora para que ele pudesse, pelo menos, receber seus direitos? Mas, com direito ou sem direito, de hoje não passaria naquele emprego...

Mas seu Walter começou a lhe falar de um comercial:

— Sabe, seu Messias, a produtora assinou, há pouco tempo, um grande contrato para filmar os comerciais das sandálias 'Tropicana' para a TV. Esse contrato vai render uma grana preta para nós, uma grana que vai tirar a produtora do vermelho...

— Vermelho?

— É, Zé, vai nos permitir pagar todas as nossas dívidas que, posso lhe assegurar, não são pequenas.

— Hum! — Foi o que respondeu o Zé, enquanto pensava: "Com a gastação que é isso aqui, sei não que vão sair do vermelho...".

— Pois é, Zé, conseguimos contratar para fazer o comercial, ninguém mais, ninguém menos que o Jean Tonelli!

— O das novela?!

— É, Zé, o das novelas!

— Mais então tá bom demais, que esse aí, pra mulhezada, vende até titica de galinha!

— Foi o que pensamos, Zé, mas temos um problema...

— Um problema?

— É, Zé, um problema que você vai nos ajudar a resolver, salvando a nossa produtora!

— Mas, eu, doutor? Logo eu? Eu num entendo de chinela, num entendo de propaganda, num entendo de nada! Num sou gente estudada, num leio direito e nem falar eu num sei direito!

— Você não vai precisar de nada disto, Zé. Tudo o que você vai precisar para nos ajudar são os seus pés!

Zé Messias se impacientou. Já estava se enchendo com as gozações – este seu Walter Dedê estava se saindo pior que seus colegas! Inventar uma história complicada dessas, só para jogar mais uma gozação na cara dele! Isto já era demais! Teve vontade de mandar o homem ir para os lugares mais sujos e fedidos; teve vontade de inventar para a mãe dele a profissão mais desavergonhada. Mas ele era um diretor e Zé se conteve:

— Já vem o senhor com gozação. Faz assim não, seu Walter. Deixa eu ir trabalhar!

— Não é gozação, Zé, deixa eu te explicar: como eu te disse, contratamos o Jean Tonelli; o comercial já está todo planejado; as modelos que vão contracenar com ele já estão escolhidas e contratadas; o cenário e o fundo musical já estão definidos; tudo, tudo pronto. Mas foi só na hora do primeiro ensaio (e isto foi ontem de manhã), quando o Tonelli tirou os pés dos sapatos e calçou a sandália, que a gente se deu conta de um esquecimento fatal!

Walter Dedê parou, como a esperar que Zé Messias perguntasse alguma coisa; mas o Zé já estava, de novo, era pensando na demissão. Calado, olhava para o diretor, só esperando ele acabar a história para pedir licença, se levantar e se dirigir ao encarregado. Walter Dedê, vendo que teria que terminar a história sozinho, continuou:

— Pois é, seu Zé, o pé do Tonelli é o pé mais feio que alguém já teve no mundo! Chato, torto, dedos torcidos, uma lás-ti-ma!

O Zé ficou olhando. Lá no meio da fervura do seu sangue, ele começou a entender... Ainda com medo de estar sendo apenas motivo de troça, ousou comentar, titubeante:

— Não vai ficar bem fazer a propaganda da chinela, com ela metida num pé feio, né?

— Pois é, seu Zé! É isto! E nós nos esquecemos de contratar um dublê de pé para ele!

— Um o quê?

— Dublê de pé, Zé, uma pessoa com um pé bonito, para substituir o Tonelli, na hora de gravar o pé dele.

— Então ficou difícil, né?

— Pois é, seu Zé, mas é aí que o senhor entra! O senhor vai emprestar o seu pé para o Tonelli!

— Emprestar meu pé? — perguntou o Zé Messias, escondendo os pés debaixo da cadeira.

— Modo de dizer, seu Zé, modo de dizer. Nós vamos filmar a cara do Jean e o seu pé, como se fosse o dele! O senhor vai ser o dublê de pé dele!

Mas Zé Messias, que podia ser ingênuo, mas não era bobo, já tinha entendido. Ele, como bom mineiro ressabiado, tinha entestado era com uma palavrinha; uma só: "emprestar". Na terra dele, emprestar tinha um significado muito preciso; não era dar, nem vender, nem alugar... Era emprestar: um leva e usa; o outro ganha o "muito obrigado"...

— Já entendi, doutor... Eu empresto meus pé, vocês filma a carinha do Jean, filma meus pé nas chinela; a propaganda fica uma belezura, ninguém fica sabendo que o pé do Jean é feio; a chinela vende igual água, o Tonelli leva o dele, as modelo leva o delas, a produtora paga as dívida e eu...

— Bem, seu Zé, além do nosso reconhecimento, o senhor vai ganhar o lanche...

Aí o Zé interrompeu ligeiro:

— Então, vou gastar meu tempo pra vocês filmar os meu pé a troco de lanche? O sinhô vai me desculpar, mas é muito trabalho pra pouco proveito. Eu prefiro ficar por aqui mesmo, com meus balde e minhas vassoura e, depois, comer a marmita da minha mãe.

—Pois é, Zé, mas além do lanche, tem a fama: já pensou? Você vai poder mostrar para sua família, para os seus amigos. Já pensou? Quantas pessoas você conhece que já apareceram na TV?

— Conhecer, conhecer... nenhuma, uai...

— Pois é!

— O sinhô desculpa eu perguntar, mas quanto o Jean Tonelli vai ganhar nessa história?

— Ô, Zé, isto é uma questão sigilosa, o contrato me impede de divulgar o cachê dele...

— Não, só assim, por alto, pra eu tirar uma base: uns mil conto?

— Mais, Zé, muito mais. Mas ele é uma pessoa famosa, que todo mundo conhece, todo mundo gosta... Você é um desconhecido...

— Mas o pé bonito que vai aparecer com a chinela num é o meu?

— É, Zé, mas quem vai vender o chinelo não é o seu pé, é a cara do Jean!

— Uai, então ocês veste a chinela na cara dele, uai.

Walter Dedê fez uma careta e se emburrou com a má resposta inesperada.

Zé Messias sabia muito bem que, sendo quem era, nem que tivesse o seu pé e a cara do Jean Tonelli, só por ser faxineiro, não vendia nem pano de chão. Mas breganha era coisa que ele carregava no sangue. Ele já estava entrevendo, ali, uma oportunidade de se vingar dos colegas. Quantos deles não dariam tudo para participar de um comercial junto com um ator de novela? A Marlene, então, nem se fala. Com o Jean Tonelli, por quem ela andava babando pelos corredores? Além de tudo, não era do pé dele que eles andavam gozando? Pois é, era por causa desses pés que ele iria lá, se meter num estúdio de gravação, com um artista da televisão! Mas não custava garantir um trocadinho a mais, né? Por isto, ainda regateou:

— Mas nem um trocadinho?

Walter Dedê coçou a cabeça. Na realidade, o dinheiro para contratar o dublê de pé já estava previsto, afinal, no mundo dos comerciais a feiura do pé do Tonelli já era famosa. O problema é que eles já tinham gasto boa parte do dinheiro, cachê de dublê de pé incluído, pagando as dívidas mais urgentes. Mas, no fim, concordou:

— Tá bom, Zé. Vou conversar com a diretoria e a gente te paga um cachezinho, pela sua boa vontade.

No dia seguinte, o Zé chegou todo animado na produtora. Cumprimentou o Alfredão e, quando este perguntou-lhe, zombeteiro, pelo pé, respondeu:

— Tá bom demais! Vai até virar ator!

Foi dizendo e foi passando, fingindo não ter ouvido o "Como assim?" devolvido pelo porteiro e largando-o a se remoer de curiosidade... E, no caminho para o quartinho dos faxineiros, foi semeando a curiosidade entre os colegas que apareciam em todas as portas e corredores a caçoar dele. A todos respondeu com um sorriso superior e enigmático. Apenas à Marlene, contou, ainda que de forma resumida, a história:

— Mas, agora, deixa eu correr, se não atraso pra filmagem. Ainda tenho de deixar minha bolsa e a marmita no meu escaninho...

Zé, agora ansioso para estrear no mundo dos estúdios, correu para a sala de Walter Dedê, conforme havia combinado. Com medo de se atrasar, nem entrou na fila do elevador, empurrou a porta da escada e subiu correndo. Walter Dedê o aguardava impaciente:

— Vamos, seu Zé! O carro está nos esperando lá embaixo!

— Carro? Não vamos filmar no estúdio?

— Não, faremos a tomada na piscina do Hotel Imperial Luxor... "Puxa" — pensou Zé —, "o melhor hotel da cidade!".

Chegaram no hotel e Walter Dedê se apresentou na recepção:
— Viemos para a filmagem.
— Senhor Walter? — perguntou o recepcionista, por mera formalidade. — Por favor, siga-me...
O recepcionista foi conduzindo Walter Dedê de forma respeitosa, mas amigável, pelo hall do hotel:
— Venha! O senhor já conhece nossa piscina. Os faxineiros estão acabando de ajeitar tudo lá e sua equipe já o está aguardando; parece que está tudo preparado para começarem os trabalhos. O Jean Tonelli, contudo, ainda não desceu, nem tomou seu café da manhã. Devo mandar chamá-lo no quarto?
— Não, só gravaremos com ele mais tarde, deixe-o dormir à vontade e tratem-no como se fosse um rei — o sucesso de nosso empreendimento depende da boa vontade dele!
— Não precisa nem recomendar, senhor Walter, nossa casa prima pelo tratamento esmerado aos seus hóspedes!
— Ótimo!
— Vamos, Zé, temos que filmá-lo antes do Jean chegar.
— Uai, ele não vai estar lá?
— Não, Zé, vamos fazer as tomadas com você em separado. Depois, quando ele descer, a gente filma as tomadas com ele...
— Entendi... — respondeu o Zé, decepcionado.
Na realidade, ele já tinha até pensado em conseguir um autógrafo, com o qual ele pretendia despertar a inveja em Marlene, a título de vingança por sua traição. Ou, quem sabe, talvez o autógrafo fosse justamente a porta que ele precisava para entrar no coração da amiga fofoqueira. Mas, agora, parecia que seus planos já tinham sido arruinados, antes mesmo que ele os acabasse de construir. "Bem, quem sabe o seu Walter Dedê não consegue o autógrafo pra mim?". Mas

o diretor estava impaciente e ele achou melhor deixar para tocar no assunto em momento mais propício.

Chegaram à grande porta de vidro que dava para o deck da piscina. Uma linda piscina da mais limpa água que se poderia imaginar, colocada no meio de um belíssimo jardim. Mesinhas com grandes sombrinhas espalhavam-se por entre os canteiros. O movimento era pequeno. Apenas um hóspede, já de idade, vestido com um roupão branco entreaberto no peito cabeludo, bebia alguma coisa em uma mesa a certa distância, enquanto acompanhava com curiosidade a movimentação da equipe de filmagem.

Walter Dedê passou pela porta e, quando Zé tentou fazer o mesmo, foi discretamente impedido pelo recepcionista que se colocou à sua frente, olhando o diretor de filmagem com um ar de interrogação.

— Pode deixá-lo passar, vai participar dos trabalhos conosco.

O recepcionista olhou o Zé de alto a baixo, com ar de reprovação, enquanto saía do seu caminho com visível má vontade. Zé Messias perdeu a curiosidade juvenil com que vinha acompanhando a conversa e observando a movimentação no set de filmagem. Lembrado bruscamente de sua posição na malha social, encheu-se de timidez e rancor. Walter Dedê se dirigiu a ele:

— Seu Zé, precisamos que o senhor se troque rapidamente.

— Se troque? Como assim?

— O senhor precisa estar vestido como o Jean Tonelli, quando ele for fazer a parte dele. Tome. — E estendeu-lhe um roupão e uma bermuda que estavam sobre uma mesinha no set de filmagem, indicando-lhe uma porta — Vá até o vestiário, vista esta bermuda e este roupão e volte. Depressa! Precisamos terminar tudo antes que o Tonelli dê as caras por aqui.

Zé Messias, ressabiado, pegou as peças que o diretor lhe estendia e, cheio de timidez, dirigiu-se à porta que ele lhe apontava. Entrou no vestiário, felizmente vazio, e dirigiu-se ao canto mais longe da porta de entrada. Depois de encarar bem a bermuda e o roupão, começou a se despir lentamente, arrependido de ter aceitado participar daquela presepada. Dobrou a calça e a camisa cuidadosamente, pondo-as de lado no banco ladrilhado, vestiu a bermuda e, rapidamente, para esconder as pernas e o torso nus, enfiou-se desajeitadamente no roupão. Walter Dedê já gritava por ele à porta, quando o Zé saiu, envergonhado, o roupão bem enrolado no corpo, carregando sua calça e sua camisa debaixo do braço direito e com os pés bem enfiados nas meias e botinas de trabalho.

Ao vê-lo saindo do vestiário, Walter Dedê enrubesceu-se e foi ao desespero, enquanto os demais participantes da tomada caíam na gargalhada:

— O pé, seu Zé Messias! O pé! Vamos filmar seu pé, homem de Deus! O que eles ainda estão fazendo dentro dessas botinas horrorosas? Tira essas botas! Tira essas botas! Corre! Anda, homem! E larga essa roupa lá no vestiário! Ah! Tome aqui este par de sandálias — afinal elas é que são as estrelas do nosso comercial, né? — Tire essas botas e calce as sandálias. Rápido, homem!

Zé Messias, todo atrapalhado, entrou novamente no vestiário, jogando a roupa num canto e, por cima dela, as botinas e as meias. Desconcertado e impaciente, saiu novamente, com a sandália nos pés e cara de poucos amigos.

Walter Dedê já foi logo lhe indicando, com o dedo, uma espreguiçadeira à beira da piscina:

— Vamos, seu Zé, deita aí.

O Zé se aproximou ressabiado, enquanto cinco lindas modelos em biquínis sensuais rodearam a espreguiçadeira, olhando para ele. Ele engoliu em seco e apertou ainda mais o roupão entorno do corpo, parando, encabulado.

— Deita aí, seu Zé — ordenou Walter Dedê, exasperado —, não temos o dia todo!

Zé Messias sentou-se e congelou novamente, ao perceber as modelos fechando o círculo entorno dele.

— Deita, seu Zé! Pelo amor de Deus, deita!

Com muito custo, ele se recostou, mantendo as pernas encolhidas. Como, para todo lado que olhasse, encontrasse um corpo feminino seminu, acabou por fechar os olhos, tentando evitar uma ereção involuntária que já se fazia anunciar por um comichão nas partes...

— Pelo amor de Deus, homem, você nunca se deitou na vida? Estica essas pernas! — E, virando-se para uma senhora que estava ao seu lado, Walter Dedê completou:

— Dona Sílvia, por favor, ajeita o seu Zé nesta espreguiçadeira. Põe ele meio de lado. Ajuda aí, seu Zé! Isto, apoiado no cotovelo, assim. Agora dobra ligeiramente a perna direita dele. Isto. Agora, vê se fica quieto, seu Zé. Vamos filmar. — E, voltando-se para o câmera, ordenou:

— Vem, Roberto. Vamos filmar. Dá um close no pé, segura um pouco e, depois, vai subindo lentamente. Isto, isto. Devagar, vai. Corta. Ótimo! Deixe-me ver... Ficou muito bom. Isto nos basta. O resto, agora, é com o Tonelli.

E, então, o diretor virou-se para Zé Messias, dispensando-o:

— Muito bem, seu Zé. Terminamos. O senhor pode se vestir e voltar à produtora. Obrigado!

Zé Messias sentou-se na espreguiçadeira, decepcionado e aliviado ao mesmo tempo. Então era só isto? Aí, empacou, novamente.

— O que foi, agora, seu Zé? — perguntou Walter Dedê impacientemente.

— Como é que eu vou voltar pra firma, seu Walter?

— Pega um táxi, seu Zé, e pede a nota que nós ressarcimos seu gasto depois!

Zé ficou em silêncio, encabulado.

— Por favor, seu Zé! — continuou o diretor —, Precisamos ajeitar tudo aqui antes do Tonelli chegar.

Zé Messias, então, levantou-se, lentamente e, ressabiado, aproximou-se de Walter Dedê, vigiando as modelos e o resto da equipe, para se certificar de que não iriam escutar o que ele ia dizer. Então, cochichou:

— O senhor me desculpe, seu Walter, mas eu num tenho dinheiro pro táxi e o meu cartão de ônibus ficou no escaninho da produtora...

Walter Dedê enfiou a mão no bolso e puxou a carteira, tirando dela uma nota de cem que entregou ao faxineiro:

— Está bem, seu Zé Messias, toma. Pega um táxi, vai. Vai, anda!

Uma nota de cem! Novinha! Zé Messias agarrou-se a ela e seguiu apressado para o vestiário. Ao sair do hotel, já com sua roupa habitual, olhou o movimento da rua, consultou as horas no celular velho e decidiu, falando para si mesmo:

— Que táxi que nada! Trocar uma nota dessa por causa de vinte quarteirão? Eu vou é de a pé mesmo.

Algumas semanas depois, como era de costume, o novo comercial foi apresentado ao pessoal de marketing da sandália Tropicana na sala de projeção da produtora. Em tese, todos eram convidados nessas ocasiões, mas os faxineiros e os demais terceirizados nunca apareciam, intimidados pela presença dos diretores, seus clientes e convidados de fora, e preocupados em terminar suas obrigações dentro do expediente. A presença deles, na verdade, nunca fora incentivada. Em geral, eles se contentavam em comer e levar para casa os salgadinhos e docinhos que sobravam das recepções que ocorriam após essas apresentações. Mas, desta vez, foi diferente; a própria diretoria solicitou ao encarregado que divulgasse que o comercial exibido naquele dia tinha a participação de um dos faxineiros da casa e que todos estavam convidados a assisti-lo.

Então, era verdade mesmo... Curiosos para conferir a participação do Zé Messias, apareceram todos. Entraram ressabiados e aglomeraram-se no fundo do pequeno auditório, conversando aos cochichos. Os diretores e seus convidados, incluindo aí os gerentes de marketing da Tropicana, demoraram, ainda, uns quinze minutos para aparecerem. À sua entrada, fez-se o silêncio e as luzes foram apagadas.

Zé Messias também estava lá. Encabulado, sentou-se perto da porta, afastado de todo mundo — colegas e diretoria. Depois que saíra do set de filmagem, no hotel, nunca mais vira o seu Walter Dedê; do cachê que o diretor havia prometido por sua participação, Zé não ouvira falar ainda e o autógrafo que ele planejara conseguir com o Jean Tonelli ficou só no plano já que, do ator, ele não sentira nem o cheiro. Na empresa, as gozações com a história do seu pé continuaram depois da filmagem, que muitos diziam que era pura invenção do Zé Messias. O Adriano, por exemplo, que sempre fora tão legal, perguntou-lhe, numa hora de almoço, no meio de todo mundo:

— Ô, Zé, se tu emprestou teu pé pro Tonelli, por que não pegou a cara dele emprestada pra ti, em troca? Tu ia ficar bem melhor!

Todo mundo em volta caiu na gargalhada e o Zé ficou, mais uma vez, com cara de tacho.

Ali, na penumbra do auditório, Zé Messias estava mudo e melancólico, justamente remoendo suas últimas semanas, quando a projeção teve início. Por um momento, ele se abstraiu de seu infortúnio e concentrou-se no filme. O comercial começava com a tomada do Jean Tonelli recostado na espreguiçadeira, naquela mesma espreguiçadeira em que ele, Zé, estivera deitado, e naquela mesma posição em que a tal Dona Sílvia o havia arrumado. Em volta, as modelos faziam nada, enfeitando a paisagem com sorrisos e gestos artificiais. Em seguida, vinha o close-up de um pé enfiado na sandália de borracha; um pé bonito, todo mundo tinha de concordar; e que unhas bem-feitas! O pé do Zé Messias. Depois de uns segundos focada ali, a câmera foi subindo lentamente, pernas acima, até uma bermuda arrumada, daquelas que só se via nos calçadões das praias chiques, e nas lojas de shopping que alguns ali já haviam faxinado. O Zé ficou impressionado: onde acabava seu pé e onde começava a perna do Jean Tonelli? Nem ele conseguiu perceber a passagem, feita durante uma brevíssima interpolação da cena vista à distância. E a câmara continuou subindo. Agora, uma barriguinha de tanquinho num tronco bronzeado, o pescoço e... a cara do Jean Tonelli! Foi aí que começou o tumulto: interrompendo a projeção, sem nenhuma cerimônia, Marlene (sim, logo ela!), foi falando em alto e bom tom:

— Que pé do Zé que nada! Esse aí todinho é o Jean – vocês acha que eu num conheço? Conheço cada milímetro do corpo desse homem! Ai meu Deus! Que homem esse Tonelli! Por quê que eu num tenho um desse, jantando na minha casa?

No meio da risada geral, um gaiato provocou a Marlene:
— Jantando, Marlene?
— Jantando quem? — perguntou outro.

E as risadas foram se renovando e ganhando volume. Mas Marlene não se fez de rogada:

— E vocês acha que eu corro pra casa todo dia pra ver a novela das oito pra quê? Pra ver as pirua?

Lá da fileira da diretoria, vieram alguns "psius" e "chhhs", mas a algazarra já estava estabelecida e ninguém ouviu os pedidos de silêncio.

— Quem é esse aí? — gritou o Alfredão, apontando a tela — O Jean Messias?

— Não! É o Zé Tonelli! — respondeu o Adriano.

As gargalhadas tomaram conta da sala de vez e, com elas, mais e mais gozações. O Zé ainda tentou explicar para os que estavam mais próximos:

— Não, gente, eles filmou o meu pé e, depois, filmou o corpo e a cara do Tonelli...

Mas não teve jeito...

— Pera aí, gente, eu explico: cortaram os pé do Zé e colaram nas perna do Tonelli!

Naquele momento, a projeção foi interrompida e as luzes se acenderam. As gargalhadas foram cortadas pelo meio: com a luz, a turma terceirizada — faxineiros, porteiro, copeira e office-boys —, subitamente, lembrou-se da diretoria e de seus convidados chiques e calou-se. Lá na frente, ninguém falou nada; os diretores, torcidos em suas poltronas, apenas olhavam para trás, com as trombas bem amarradas. Um a um, em silêncio, o pessoal do fundo foi se retirando. Quando o último deles saiu da sala, já o Zé Messias estava no escritório do encarregado, pedindo sua demissão...

A semana rubra e negra

MARTIN LUTHER KING, UM DIA, TEVE UM SONHO.
    Felizes os homens que sonham, porque a eles é dada a força de lutar.

Mas, de fato, esta é a história de um pesadelo, não de um sonho.

Pois naquele domingo à noite, o governador, ladeado pelo prefeito, fez um pronunciamento transmitido pela televisão. Sabe daqueles políticos? Daqueles que, quando criança, vivia em uma casa em que todas as suas vontades eram satisfeitas; daqueles que, na adolescência, abusavam das empregadas domésticas, e que cheiravam cocaína e se juntavam em gangues para se divertir, roubando aparelhos de som de carros, ateando fogo em mendigos, assediando moças bonitas nas ruas? Brincadeiras de jovem, diziam seus pais — quem nunca transou com a empregadinha, não é mesmo? Ou botou fogo em mendigo ou roubou uma ou outra coisinha?... Um daqueles garotões que, na escola, matavam tantas aulas quantas quisessem; que perturbavam todas as aulas e que passavam nas matérias colando dos colegas, a quem frequentemente coagiam a lhes dar cola sob ameaça de espancarem-nos depois da aula — por pura diversão, porque suas notas, na verdade, já estavam compradas pelos pais, estavam incluídas na mensalidade.

Pois, com um olho posto nas eleições que se aproximavam e o outro nos anseios mais profundos dos seus eleitores, o tal governador falou sobre como a sociedade necessitava de segurança para viver e prosperar em paz. No seu duplo papel de bandido nas sombras e defensor da moral pública à luz dos holofotes, ele, depois de algum preâmbulo, apontou seu dedo sujo contra a população negra moradora das favelas, acusando-a de, a partir dos morros, atormentar os cidadãos de bem com roubos, assassinatos e tráfico de drogas. Ele omitiu, é claro, a responsabilidade dele e de seus colegas nesses crimes na condição de grandes fornecedores de droga para os morros, de controladores de milícias etc. Na busca de votos, anunciou, então, a construção de cercas eletrificadas em torno das favelas, que seriam patrulhadas ostensivamente por homens armados. Explicou sobre a distribuição de crachás para os seus moradores, que seriam controlados em um portão de entrada etc., etc. Terminou prometendo, ainda, fechamento urgente dos terreiros e extinção do culto aos demônios africanos, segundo ele, claramente envolvidos na construção da índole malévola daquela parte da população.

Quando seu pronunciamento se encerrou, ouviram-se vivas, palavras de ordem e foguetes provenientes das janelas e varandas dos edifícios de classe média alta e, também, de algumas igrejas. Dos morros, por outro lado, veio impressionante silêncio. As redes sociais encheram-se logo das discussões estéreis de sempre. Gente que nunca se vira se ofendeu mutuamente, defendendo ou criticando o discurso que acabara de ouvir. Empresas de marketing político, imiscuídas clandestinamente nas redes, acompanharam atentamente o debate, medindo tendências e avaliando argumentos. Algumas delas, prontamente, criaram memes sobre o discurso e notícias falsas a favor e contra o político, de acordo com quem as pagava, e tudo isto foi despejado nas redes sociais. Em resposta, a sociedade de bem, confortavelmente sentada em seus apartamentos, entregou-se mais avidamente ainda à grande polêmica e despejou seus dejetos mentais no espaço cibernético.

Enquanto isso, o silêncio dos morros foi, aos poucos, quebrando-se e seus sons difundiram-se pela cidade — os negros, consternados e temerosos de mais esta volta no torniquete que já os estrangulava desde sempre, agrupavam-se nos terreiros em busca de amparo. Mães e pais de santos iniciavam os cultos, apresentando suas oferendas a Exu, o mensageiro entre os mundos espiritual e material, e guardião das aldeias. Por todos os lados, soaram os atabaques, enquanto os filhos de santo invocavam seus orixás. Seria, aquela, a última vez em que os dois mundos se reuniriam nos terreiros da cidade? Como valeriam, os orixás, a seus filhos ameaçados?

E, assim, a noite avançou pelas redes sociais e os terreiros. Ódio e medo baixaram nas ruas e se infiltraram nas residências, como névoa invisível, mas densa e inquietante. A cidade, por isto, foi dormir tarde. De madrugada, depois que computadores e smartphones foram desligados e os atabaques, silenciados, os orixás desceram dos morros e espalharam-se pela cidade branca. Inspirado por eles e alimentado por pensamentos e sentimentos indigestos, um pesadelo deitou-se nas camas brancas e atormentou o sono de seus donos.

E foi assim, aquele sonho ruim: tudo transcorreu em uma cidade sombria. Uma cidade estranhamente dividida, em que negros pobres moravam nos morros, espremidos em pequenas casas, aglomeradas em becos sujos dominados por malfeitores e gangues de traficantes mantidos pela complacência comprada à polícia e às autoridades diversas. E os habitantes desses morros desciam de suas comunidades, todos os dias, ainda de madrugada, para servir à outra população da cidade, esta constituída por brancos ricos, que viviam em amplas casas e apartamentos de luxo, ao longo de ruas largas e amplas avenidas arborizadas. Neste pesadelo, grotescamente, os ricos ficavam sempre mais ricos, enquanto os pobres ficavam cada vez mais pobres. Neste estranho sonho, ainda, os pobres eram culpados de todas as mazelas que afligiam os ricos, a principal delas, o medo de pobres. E nada se podia fazer a respeito de nada, porque, na cidade, havia políticos, servidores públicos e outros homens influentes que ficavam ricos, apenas zelando para que tudo ficasse como estava.

Neste pesadelo, a segunda-feira nem amanhecia ainda quando João acordou. Negro alegre e trabalhador que descia da favela todo dia, às cinco da manhã, a caminho do serviço, João acordou e encontrou Exu triste, amargurado, aguardando por ele ao pé de sua cama. Nunca acontecera antes, mas João não se surpreendeu. Apenas saudou seu orixá: "Laroié!" e se levantou, cumprindo a rotina matinal. Mas esta segunda-feira era diferente, era a segunda-feira de um pesadelo. Um pesadelo que, mudo, acossava os brancos há séculos, o pesadelo de que os negros pobres, um dia, se cansariam e se revoltariam. E, naquele sonho ruim, este era o dia, e era uma segunda-feira, dia de Exu, e, antes que João saísse de casa, o orixá lhe entregou a mensagem que trazia do mundo espiritual: uma faca, que João enfiou em sua bolsa.

E, em todos os morros, sem que tivesse havido planejamento ou combinação, os negros, ao se levantarem, armaram-se antes de saírem de casa. Revólveres, facas de cozinha, pedaços de arame — qualquer coisa, qualquer coisa era enfiada nos bolsos, bolsas ou mochilas. E, então, dirigiram-se aos seus afazeres. E Exu, taciturno e amargurado, ia à frente de todos, indicando-lhes o caminho e inspirando-lhes os atos. Mesmo os que estavam doentes se levantaram e, armados, desceram as ladeiras para a cidade, porque segunda-feira também é dia de Obaluaê e Obaluaê, de madrugada, visitara todos eles, curando-os de seus males. Por isto, também os doentes se levantaram da cama e saudaram agradecidos: "Atotô, Obaluaê!".

Nos becos e vielas, os vizinhos não se cumprimentaram, os amigos não sorriram uns para os outros e não se viram crianças — naquele dia, as crianças ficaram em casa, mudas e assustadas; naquele dia, estavam todos solitários, todos feridos e doloridos; mais que nos outros dias todos, estavam feridos de morte, pois que, em breve, seus morros seriam transformados em presídios, suas casas em celas e, mais que tudo, seriam proibidos de conviver com o mundo de seus antepassados. Apenas os orixás podiam lhes valer. E assim aconteceu, sem que ninguém previsse.

Quando João, sem provocação ou motivação aparente, esfaqueou a branca grávida no ponto de ônibus, só os brancos se horrorizaram. Não eram muitos; de fato, apenas outras duas mulheres que, aos gritos, foram imobilizadas e igualmente esfaqueadas por outros negros e negras que, descendo do morro para o trabalho, chegavam ao ponto àquela hora. Ao se calar a última dessas vítimas, o silêncio voltou a reinar na rua ainda escura, enquanto as pessoas, agora todas negras, continuaram no ponto, aguardando por seus ônibus. Sangue escorria rua abaixo pela sarjeta. Na realidade, não muito diferente de outros dias, apenas que, hoje, era sangue de brancos que descia a rua. Mas, lá embaixo, quando o sangue finalmente chegou à avenida, ninguém percebeu, no vermelho do sangue, o DNA branco que ele carregava.

Antes das oito horas da manhã, o sangue já escorria, também, com a água da faxina, pelas escadas de alguns prédios chiques — porque porteiros, faxineiros, jardineiros e empregadas domésticas — negros, obviamente, e com o olhar tomado pela imagem de Exu — também haviam levado, de casa, suas armas. Alguns não chegaram a usá-las, é verdade: preferiram, ao chegarem ao trabalho, usarem as armas que os patrões tinham em casa, guardadas sob os travesseiros, nas gavetinhas das mesas de cabeceira ou em caixas de charuto nas estantes de livros. Morreram, assim, muitos brancos — alguns no banho; outros, em suas camas, fazendo amor ou amamentando seus bebês (estes, também, piedosamente, sacrificados); outros morreram à mesa do café, e os pães integrais, queijos finos, torradas com ricota, xícaras de leite desnatado com cereal e saladas de frutas foram lançados, tudo, aos cãezinhos e gatos de companhia, tudo encharcado com o sangue de seus donos. E houve um senhor, mais desgraçado que os outros, que foi afogado em suas próprias fezes, ao ser encontrado sentado ao vaso, por seu cuidador.

Nas praias, como sempre, corpos brancos seminus estiravam-se na areia — hoje, mortos que se bronzeavam ao saudável sol da manhã que se iniciava — e vendedores de chá gelado, biscoitos e picolés — todos negros — continuavam a percorrer calmamente a areia vermelha, em busca de novos fregueses. Na calçada larga, brancos vestidos de shorts, camisetas e tênis caros não completaram sua corrida matinal; jaziam caídos, suas cabeças quebradas, enquanto os garis varriam as ruas com vassouras de cabos pegajosos, vermelho-vivos.

Brancos eram mortos indiscriminadamente porque assim como os negros honestos não trazem, em si, sinal que os distinga dos desonestos, também os brancos bons são, em tudo, semelhantes aos maus e até suas crianças mais inocentes e felizes podem ser transformadas em crápulas despóticos. E, assim, nunca se soube quantos brancos – racistas e não racistas, ricos e pobres, vagabundos e trabalhadores – morreram nas ruas, nas padarias, nos ônibus e nos escritórios, antes que os responsáveis pela segurança da grande cidade, acordados em suas camas por ordenanças espantadas e sem entender direito o que ocorria, conseguissem emitir ordens para que todos os homens das guarnições policiais fossem postos nas ruas para conter os ânimos que corriam tão exaltados entre as poças de sangue.

Curiosamente, os policiais negros nos quartéis, onde os orixás não são bem-vindos, juntaram-se aos brancos fardados e saíram às ruas, acelerando vertiginosamente o morticínio. Os de farda sabiam, desde sempre, em quem atirar. Ainda nas imediações dos quartéis, engajaram-se logo na proteção dos homens de bem: deixavam passar os brancos que corriam, gritando, ensanguentados ou ainda apenas apavorados e atiravam nos negros que os perseguiam. Um senhor de terno tentou sufocar sua agressora negra, enfiando-lhe na cabeça uma sacola plástica de supermercado, mas a moça tinha uma grande tesoura, que enfiou na barriga de sua vítima, cortando-lhe as tripas, apenas para ser, em seguida, morta por um fuzil da tropa. As ordens vinham claras dos superiores: "Matem os negros! Matem todos os negros!". Acostumados já a fazê-lo, sem que ordens explícitas jamais tivessem sido dadas, brancos e negros fardados lançaram-se ensandecidos sobre os negros sem farda. E negros começaram a cair mortos como moscas num chiqueiro, sob a mira de um aerossol de balas. E, enquanto a polícia, ainda no entorno dos quartéis, matava negros, negros matavam brancos por toda a cidade.

Mas alguma coisa aconteceu então: um tenente branco, incentivando seus homens a se lançarem com mais vigor à matança, gritou: "Matem! Matem todos os negros!". E, ato contínuo, explodiu com um tiro de sua pistola a cabeça de uma negra que caminhava pela calçada, faca de cozinha à mão, buscando brancos que pudesse matar.

"Mãããããe!" — Foi o grito horrível que ecoou de dentro da tropa. E um policial negro saiu das fileiras, sua venda finalmente arrancada dos olhos. Depois de ajoelhar-se, chorando convulsivamente junto ao corpo da mãe, pôs-se friamente de pé e, com seu fuzil, matou o tenente. E foi como se houvessem tirado dos soldados negros alguma trava — imediatamente, cada qual apontou sua arma contra o soldado branco mais próximo e atirou, e, como fossem, os negros, muito mais numerosos na tropa que os brancos, cada branco fardado, antes que desse de si, morreu, atingido por três, cinco, sete ou mais balas. E, então, um sargento negro gritou: "Morte aos brancos!!!! Matem todos os brancos!!!!". E partiu a tropa enlouquecida, agora toda negra, pelas ruas, matando brancos a esmo.

Animados pelo morticínio, bandos de jovens brancos desocupados de classe média, frequentadores das academias de artes marciais, saíram às ruas para fazerem justiça com as próprias mãos (e bastões de ferro e madeira, e socos ingleses, e biqueiras de aço de botas de combate). Finalmente, tinham a desculpa que precisavam para fazerem livremente o que sempre quiseram fazer: correr pelas ruas alegremente matando negros! Infelizmente para suas fantasias, eles logo descobriram que o mundo tinha muito mais negros do que eles jamais imaginaram. A rua estava tomada por negros, e por mais negros que eles matassem, jamais os negros cessavam de vir — acostumados, mais que os brancos, a morrer, vinham frios e precisos como robôs. E frios e precisos, atiravam pedras e paus e alguns apareceram portando armas de fogo. Assim, os jovens lutadores foram se acabando. Alguns quiseram fugir; tentaram se esconder, ligar para os pais. Mas os pais que ainda não haviam sido mortos estavam muito ocupados, tratando, eles também, de se esconderem dos negros. Um dos jovens brutamontes brancos, milagrosamente, conseguiu ser atendido pelo motorista de sua casa, que se apressou a ir resgatá-lo. Mas, sendo o motorista também negro, tão logo o garotão assustado assentou ao seu lado no banco do carro, muito fria e precisamente, eliminou o patrãozinho com um tiro de Beretta — a Beretta que seu patrão guardava no porta-luvas do carro blindado. O rapaz não teve tempo de ver, mas, no banco de trás, estavam mortas sua mãe e sua irmã, em trajes de academia de ginástica.

Homens e mulheres brancos e remediados, tentaram, com a gasolina que tinham nos tanques de seus carros (porque nos postos de serviço, os frentistas matavam os fregueses brancos), a fuga desesperada da cidade, mas as ruas já se entupiam de cadáveres, entulho e negros ameaçadores, e não havia como transitarem os automóveis, nem os ônibus e, em pouco tempo, nem mesmo os carros blindados da polícia. E os automóveis transformaram-se nos túmulos de seus donos — ou em suas piras crematórias.

Ao final da tarde, os negros que haviam saído no início da manhã, retornaram aos pontos de ônibus e às estações de metrô, mas, como as ruas e trilhos estavam obstruídos pelos cadáveres, terminaram por se dirigirem a pé para suas casas. Os sobreviventes brancos estavam entrincheirados pela cidade — uns em casa, outros em escritórios, lojas e restaurantes. Acuados, apavorados, arranjavam-se como podiam para pernoitar onde estivessem, sem coragem de sair às ruas.

Enquanto o sol se escondia, entristecido, os negros do expediente noturno saíam de suas casas em direção ao trabalho. Armados como seus irmãos matutinos, davam continuidade ao morticínio do dia. E, assim, terminou a segunda-feira — enquanto negros perambulavam pelas ruas, buscando brancos a quem matar, os brancos sobreviventes, escondidos pela cidade, tentavam se valer de Deus para alcançarem a salvação de seus alvos corpos. E Deus, construído à imagem e semelhança dos brancos e por isto seu fiel criado, tentara, ao longo de todo o dia, operar milagres para salvar seus senhores, mas naquela semana, os senhores seriam os negros e seus orixás, as divindades em comando.

E por uma semana durou a caça aos brancos: se a segunda-feira amanhecera sob a influência de Exu e Obalauaê, terça-feira seria o dia de Ogum, Oxumarê e Iroko. Enquanto os sobreviventes brancos amanheciam exaustos em seus abrigos depois de uma noite insone, os negros despertavam calmamente em suas casas, dirigindo-se normalmente ao trabalho. Bares e lanchonetes foram abertos — seus donos, mortos ou entrincheirados, não compareceram, mas cozinheiros, caixas e balconistas negros estavam a postos. Nos postos de combustível, os frentistas negros aguardavam fregueses que, entretanto, já não conseguiam chegar até lá. Enquanto aguardavam, ajudavam a cercar, na rua, brancos que passavam em fuga. Nos postos de saúde, recepcionistas, faxineiros e auxiliares negros, piedosamente, eutanasiavam os brancos que lá chegavam feridos, enquanto procuravam da melhor forma possível salvar ou, pelo menos, aliviar os pacientes negros. Mas os médicos negros eram poucos e os brancos estavam mortos, em fuga ou escondidos. Nos prédios de luxo, porteiros, faxineiros e domésticas faziam seu serviço calmamente — seus patrões mortos ou desaparecidos... E, desde cedo, Ogum ia de um lado para o outro, brandindo sua espada à frente das massas que o recebiam bradando "Ogunhê!". Hoje era dia de guerra. E cabeças brancas rolavam; rolaram o dia inteiro.

E, na esteira das mortes deixada por Ogum, Oxumarê, vestido com as sete cores, transitava seguido por seus filhos que, confiantes na virada de suas vidas e irradiando as luzes do arco-íris, corriam a auxiliar seus irmãos negros, feridos ou enlutados. Mesmo Iroko, tão infrequente, manifestou-se aqui e ali, tangendo as crianças negras para a proteção da sombra das gameleiras.

E, em toda a cidade, o sangue escorria como a enxurrada xucra dos temporais, enquanto, em volta, trovejavam armas de vários calibres, despejando granizo metálico nos brancos em fuga. E as estações de tratamento recebiam águas vermelhas e densas dos esgotos, que encheram o ar, não com o cheiro acre usual da mistura de fezes, sabonete, urina e xampu, mas com o enjoativo aroma doce de sangue, que atraía bandos de abutres e matilhas de cães vadios.

Na quarta-feira, Iansã chegou como forte tempestade, lavando o sangue das ruas, carregando os cadáveres na enxurrada e despejando-os nas praias, enquanto as negras, gritando "Epahey, Oyá!", gargalhavam em meio aos raios. Também neste dia, Xangô arremetia-se pelas ruas, convocando os negros que o saudavam: "Kao Kabiesilê!", a seguirem-no de quartel em quartel, desencavando oficiais brancos de seus bunkers, e fazer justiça.

E houve aquele pré-adolescente branco — doze anos, ele tinha — que, já de tardezinha, escondido no meio de um monte de sacos de lixo, em pânico, faminto e sedento, viu caírem mortos à sua frente um negro, atingido por trás pelo porrete de um branco que corria loucamente pela calçada, e o branco, atingido na cabeça por um tijolo manejado por um senhor negro. Pois diante daquele mesmo jovem, escorreram o sangue do branco e do negro e ele teve tempo de perceber, consternado, que não havia como saber qual era o sangue de um e qual o do outro. Mas ele não teve tempo de entender o significado daquilo; momentaneamente distraído, se expôs e foi, também ele, atingido por outro negro, fardado e armado com uma pistola.

Na quinta-feira, acudiu Oxóssi, seguido por cães e outros animais famintos que, agora, devoravam os cadáveres nas ruas e praias, enquanto os negros bradavam "Okê aro!". Enquanto isto, Logum Edé, armado, respondia com gritos de guerra aos que saudavam "Olorikim!". A quinta foi, também, o dia de Ossaim, que abanando suas folhas sobre os negros feridos, curava-os e aliviava suas dores, enquanto eles murmuravam "Ewê ô!".

Na sexta-feira, o poderoso Oxaguiã varreu as ruas com sua espada e escudo seguido de hordas negras que lhe saudavam: "Êpa Babá!". E, sob seu comando, muitos brancos mais morreram.

No sábado, quando os brancos já eram muito poucos, desceu Oxum, como fina chuva, para abrandar os corações e reunir os que se amavam (e quando se reencontravam pais e filhos negros e os homens negros e suas mulheres negras, eles sussurravam agradecidos "Ora yê yê ô!"). Também veio Iemanjá, em socorro dos negros, e, seguida pelas negras, proclamava o renascimento de seu povo enquanto era saudada: "Erù Iyà!".

No domingo, quando já não havia mais brancos, Oxalufã caminhou, com seu semblante triste e bondoso pela cidade, iluminando com sua luz o mundo que se tornara rubro e negro. Nanã Buruku, preocupada com seu povo, guiava os negros idosos para os abrigos. E à sua passagem, era saudada "Salubá!". Os Ibejis correram, então, por todo lado, trazendo consigo as crianças, que agora brincavam e sorriam novamente.

E, assim, terminaram o pesadelo e a madrugada, e acordou a segunda-feira. Dos morros, enquanto o sol ainda espreguiçava, desciam os negros rumo ao trabalho. Nos apartamentos luxuosos, os brancos ainda tardariam a se levantar, extenuados e assustados. À medida em que a manhã avançava, brancos e negros aguardavam, ansiosos, os acontecimentos — os brancos sob efeito do pesadelo que os atormentara à noite; os negros preocupados com as ameaças do governador. Mas o governador, tão assustado e abalado com o sonho quanto os demais brancos, já não cercaria favelas, nem fecharia terreiros...

 E os orixás, sorridentes e aliviados, retornaram aos terreiros de onde continuariam a amparar seus filhos.

Seja o que Deus quiser!

DURANTE MUITOS ANOS, O DOUTOR ARISTIDES (SIM, PORQUE, naquele fim de mundo, quem tivesse diploma era doutor) ficara esquecido naquela fazenda. "Estação Experimental do Ribeirão Fundo", assim ela se chamava. Coisa do governo estadual. Engenheiro agrônomo recém-formado, Doutor Aristides chegara ali na inauguração da estação. Era ano eleitoral e foi uma festança danada, com a presença do secretário de estado da agricultura, do prefeito, de vereadores e do presidente do sindicato rural. Agricultores de todo o município foram levados até lá, de ônibus, pela prefeitura, mediante a promessa de farto almoço. O pátio diante da sede administrativa da estação, um velho casarão, estava lotado. Os discursos foram precedidos e sucedidos por intenso foguetório e até o Doutor Aristides, na qualidade de diretor da estação, foi chamado a pronunciar algumas palavras.

Chegara entusiasmado o doutorzinho. Ainda jovem, solteiro e idealista, recebeu sua função ali como uma missão: ajudar no desenvolvimento da agricultura regional, buscando variedades de plantas cultivadas mais produtivas nas condições locais; recolher sementes das plantas tradicionais do lugar, aprender a cultivá-las e, se possível, torná-las também mais produtivas; e ensinar práticas da agricultura moderna ao povo do lugar — plantio em curva de nível, adubação química, abolição de queimadas, técnicas simples de irrigação — essas coisas.

Decidido a construir sua vida ali, casou-se com a professorinha da escola rural, nascida naquelas terras mesmo, e teve cinco filhos com ela. Integrou-se à comunidade local e foi adotado como se fosse gente da região — ali, em meio à pobreza, pediam sua opinião sobre tudo e ele ajudava a todos no que podia e até no que não podia: chegou a fazer as vezes de médico. E a prova definitiva de sua aceitação pela população dali é que, naqueles quase trinta anos, já apadrinhara umas cinquenta crianças.

Na fazenda experimental, cumpria sua obrigação com zelo: preparo do solo, semeadura, capina, adubação, colheita, tudo era feito na hora certa e com capricho. Conhecia todas as roças, em cada grotão da região, e, em todas elas, achava sempre alguma planta interessante, cujas sementes trazia e plantava em canteiros especiais. Cada variedade crioula de milho, feijão, mandioca, inhame, abóbora, o que quer que fosse, era perpetuada carinhosamente. Até as fruteiras nativas tinham suas sementes colhidas no meio do mato e plantadas no pomar da fazenda. Épocas de floração, frutificação e amadurecimento dos frutos; tempo de germinação de sementes, tempo gasto para entrar em produção — ano após ano, tudo era sistematicamente registrado nos cadernos.

É claro que Aristides não fazia isto tudo sozinho. Ele tinha, lá na estação, vários trabalhadores (que vieram, todos, a se tornar seus compadres) e que carregavam água na peneira pelo seu chefe. Aprenderam com ele e executavam com perfeição, todas as boas práticas agrícolas — a fazenda era, permanentemente, um brinco. Além disto, conheciam muito bem a região, suas roças e suas plantas e, contagiados pelo entusiasmo de Aristides, estavam sempre atentos a tudo: às mudanças do tempo, aos ataques das saúvas e das lagartas e a qualquer planta nova que pudesse interessar ao diretor.

Mas tinha um problema: esses trabalhadores não tinham vínculo permanente com o estado. Trabalhavam por contratos temporários e, a cada dois ou três anos, quando ia dando o tempo desses contratos vencerem, já ia ficando todo mundo inseguro, sem saber se eles seriam renovados. Às vezes, o governo atrasava com a renovação e deixava todo mundo na pindaíba, correndo atrás de biscates para se sustentar. No desespero, havia quem chegasse até a falar em mudar para outros lugares, em busca de emprego mais seguro.

Nessas horas, Aristides virava ao avesso para ajudar o seu pessoal; chegava a tirar do seu salário, que não era lá essas coisas, para acudir uma precisão maior de um ou de outro. Preocupava-o, também, a possibilidade de que o estado simplesmente decidisse não renovar os contratos. Como ia tocar a serviçama da fazenda, então? Mesmo que o recurso para novos contratos apenas demorasse demais, se o seu pessoal se colocasse em outros empregos, fosse embora e ele tivesse que formar uma nova equipe, como seria? Àquelas alturas, os seus trabalhadores já eram velhos de casa, todo mundo bem treinado e com uma prática nas operações da fazenda que nenhum outro trabalhador da região teria. A solução, ele matutou, era convencer o secretário da agricultura a efetivar a turma. Como funcionários públicos, os trabalhadores teriam estabilidade e segurança e ele, o diretor, teria a tranquilidade de saber que o trabalho da fazenda não ia ser interrompido. Por isto, resolveu aproveitar suas férias para ir à capital.

Deu sorte de conseguir, sem grandes dificuldades, uma reunião com o secretário da agricultura em pessoa. Voltou para o Ribeirão Fundo animado: o secretário fora muito atencioso, mostrara-se sensibilizado com a situação e prometera dar uma solução ao problema. Mas o tempo foi passando e ele não recebia nenhuma notícia da capital. Pediu ao prefeito que intercedesse por ele junto ao governo estadual. O prefeito rodou pela capital, conversou com alguns deputados e com o secretário da agricultura e voltou entusiasmado, dizendo que estava tudo resolvido e que, em breve, os trabalhadores seriam, todos, efetivados. Mas passaram-se os meses e nada. E, então, mudou o governo e, com ele, o secretário. E, assim, voltou tudo à estaca zero.

Aristides, contudo, não desistiu. Depois de aguardar uns meses para os novos administradores tomarem pé nas suas repartições, ele voltou à carga, em nova viagem à capital. Desta vez, contudo, não conseguiu ser recebido pelo novo secretário, que andava com a agenda cheia de reuniões. Foi atendido por um seu assessor, que prometeu levar sua reinvindicação ao chefe. E, mais uma vez, passaram-se meses sem que nenhuma solução se desse à situação dos trabalhadores da estação experimental.

Aristides voltou a pedir ajuda ao prefeito, mas ele coçou a cabeça e saiu-se com evasivas: as eleições municipais estavam chegando e ele estava absorvido pela campanha. Mas, sendo reeleito — ele prometeu —, trataria do caso com carinho. Infelizmente, a eleição passou e a reeleição não aconteceu. O novo prefeito, médico muito querido na cidade, infelizmente tinha pouca ligação com o campo e só falava no desenvolvimento industrial e comercial da cidade, dando pouca atenção às coisas da agricultura. Ele chegou a receber o Aristides e a ouvi-lo explicar suas dificuldades, mas, não achando as atividades da estação experimental muito úteis aos seus planos, não deu esperanças: aquele era um problema da alçada do governo estadual e ele não tinha como intervir, ainda mais sendo de partido adversário do governador. Aristides, então, passou a escrever cartas ao secretário da agricultura e a deputados, pedindo ajuda. Vez ou outra recebia resposta para alguma de suas missivas: promessas vagas que nunca se cumpriam. Enquanto isto, as atividades da fazenda iam sendo tocadas como sempre.

Assim, passaram-se os anos. Aristides, agora já adiantando-se em idade, por fim, se deu conta de que sua estação experimental não significava nada para o estado: se, por um lado, não dava grandes despesas, por outro, não gerava renda e, principalmente, não rendia votos a ninguém. Para a estação, não havia planos; dela não se esperava nada. Percebeu que o próprio fato de se ter mantido tanto tempo na diretoria da instituição, sem jamais ter tido seu cargo cobiçado por ninguém, já era boa medida do valor dado a ela nos meios políticos. Com estas constatações, desanimou de vez e largou mão de lutar. Ia apenas tocando o serviço e ajudando seu pessoal a se manter como pudesse, com seus contratos provisórios e salários defasados. Da parte dele, limitava-se a fazer a contagem regressiva para a aposentadoria. Depois, acabaria de entregar tudo na mão de Deus — e, então, fosse o que Deus quisesse.

As coisas estavam nessa altura quando o país se enfiou numa terrível crise econômica; uma crise tão forte, que afetou até o Ribeirão Fundo. A única indústria do município, uma pequena fábrica de panelas de alumínio, fechara as portas; o comércio andava às moscas e a prefeitura, sem arrecadação, congelara os salários de seus funcionários. Na cidade, estavam todos sem dinheiro e, na roça, plantava-se só o suficiente para a alimentação da família e das criações — mais do que isto era prejuízo na certa. Nesta situação calamitosa, quando Aristides e seus trabalhadores menos esperavam que se fosse tomar providência em seu benefício, chegaram notícias promissoras da capital: mais um novo governo estadual acabara de se instalar e, numa ampla revisão da situação administrativa do estado, seus agentes deram com o fato de que duas dúzias de trabalhadores rurais vinham prestando serviço à Secretaria da Agricultura, num cafundó chamado Ribeirão Fundo, havia quase três décadas, na base de contratos temporários — situação altamente irregular que carecia de ser solucionada o quanto antes. A Secretaria da Agricultura despachara, então, um ofício para o diretor da estação experimental, avisando-o que se preparasse para a regularização da força de trabalho da instituição sob sua direção.

Aristides ganhou novo ânimo, rejuvenesceu até. Depois de divulgar as boas novas para o seu pessoal, sentou-se no escritório e escreveu um ofício esmerado, explicando que na planilha que lhe seguia em anexo estavam os nomes e CPFs dos trabalhadores que, durante tanto tempo, haviam prestado serviço na fazenda por meio dos tais contratos. Esclareceu, também, que constavam, na mesma planilha, o tempo de serviço e as funções exercidas por cada um. Agora era só aguardar as providências da capital.

A resposta que recebeu, contudo, não foram as efetivações que ele esperava: mandaram-lhe outro ofício, explicando que as coisas tinham mudado no serviço público. Agora, a contratação pelo estado se dava apenas por concurso público. Os trabalhadores teriam que se inscrever e disputar as vagas com quem mais quisesse se candidatar a elas. Não tinha problema — raciocinou Aristides —, ele prepararia um exame voltado às atividades práticas da fazenda. Isto! Faria uma prova prática, pediria aos candidatos que realizassem as tarefas que seus trabalhadores faziam rotineiramente. Era justo: não era para executar estas tarefas que os funcionários seriam contratados? Neste caso, ele tinha confiança que seus homens seriam todos aprovados e efetivados no serviço público. Aliviado com suas conclusões, ele passou a planejar as provas do concurso, ponto por ponto. Pegou um caderno novo só para isto e foi anotando, rabiscando, corrigindo, substituindo, até ficar satisfeito com o exame que preparara.

Passaram-se alguns meses e, quando Aristides já estava se convencendo de que o estado havia esquecido sua estação experimental mais uma vez, recebeu novo ofício da Secretaria da Agricultura. Abriu o envelope, ansioso, e sentou-se na velha escrivaninha para ler a missiva. Seu coração quase parou: a secretaria comunicava-lhe que já estava tudo organizado — uma empresa especializada em concursos havia sido contratada e estava preparando as provas, que seriam aplicadas aos candidatos, num domingo, daí a três meses, nas salas de aula da escola fundamental, na sede do município. As inscrições já estavam abertas e ele recebeu três cartazes para afixar onde achasse que fariam melhor serviço à divulgação do concurso.

Ele não se conteve: rasgou os cartazes e jogou os pedaços no lixo. Deixou o escritório e foi-se para casa, onde se enterrou no sofá, revoltado: aquilo era um desrespeito à sua autoridade de diretor e uma injustiça com seu pessoal. Pela primeira vez, desde que fora empossado na diretoria da fazenda, faltou ao serviço. Durante dois dias, ficou trancado em casa com cara de poucos amigos e, sempre que vinham chamá-lo, mandava a mulher, agora aposentada, à porta, dizer que ele estava indisposto, acamado e que não podia receber ninguém. Só depois disto, achou coragem para reunir seus homens e explicar a eles a situação. Por fim, sem grande entusiasmo, instruiu-os a se inscreverem no concurso.

Mas, nos dias seguintes, a extensão do problema representado pelo concurso foi se revelando. Metade da sua equipe não pode nem se inscrever porque não tinha o ensino fundamental completo. Estes, coitadinhos, já andavam cabisbaixos pelos cantos, sabendo que desfrutavam os últimos meses de contrato — justo agora, que andava tão difícil encontrar trabalho. Mas os demais não estavam mais felizes: no ato da inscrição, receberam uma lista das matérias das provas e ficaram sem entender. Foram consultar o diretor.

— Como assim? — perguntou Aristides, incrédulo, quando lhe mostraram a tal lista. — Prova de matemática, português, geografia, história, redação e conhecimentos gerais para selecionar gente que vai roçar, semear, capinar, colher e andar no meio do mato atrás de sementes de frutas?

A tragédia já estava anunciada, mas a pá de cal veio uns dias depois quando Aristides foi à cidade pagar umas contas no banco. Na rua, foi felicitado pelo prefeito:

— Parabéns, Dr. Aristides, seu concurso vai ser um sucesso: fiquei sabendo que já tem mais de duzentos candidatos inscritos!

Aristides abriu a boca atônito: mais de duzentos candidatos? De onde surgira tanta gente?

A resposta à sua pergunta ele descobriu, quatro meses depois, quando se apresentaram a ele os novos funcionários efetivos: os candidatos haviam surgido da crise. O estado abrira vinte vagas, comendo-lhe quatro postos de trabalho. Dos contratados, cinco eram comerciários desempregados da cidade; os outros, todos, eram funcionários municipais, que aproveitaram a oportunidade do concurso para fugir dos mirrados salários pagos pela prefeitura: duas enfermeiras do posto de saúde, três escriturários de diferentes repartições municipais e dez (dez!) professoras da escola fundamental. Agora, ele entendia por que o início do semestre escolar havia sido adiado na cidade.

A coisa estava nesse pé quando eu, passando pelo Ribeirão Fundo, dei uma chegadinha na fazenda experimental, em visita ao doutor Aristides. Eu estivera ali havia uns dez anos, quando ele ainda sonhava com a efetivação dos seus funcionários. Ao chegar ao seu escritório, estranhei o aspecto do bom diretor: encurvado, expressão abatida e olhos apagados, sem aquele brilho, tão característico do entusiasmado Dr. Aristides que eu conhecera.

— O que foi, Dr. Aristides, o senhor parece tão abatido. Não tem passado bem?

— Ah, meu caro, as coisas aqui na estação estão muito difíceis.

— Mas, por quê? Ainda não efetivaram sua equipe?

Ele me olhou entristecido e seus olhos encheram-se de lágrimas. Então, mandou-me sentar e contou-me a história do desastroso concurso.

— Agora — ele concluiu —, nada funciona aqui. Tenho uma equipe de vinte pessoas para tocar a fazenda. Nenhuma delas sabe, sequer, segurar uma enxada; ninguém sabe roçar, capinar, semear, nada. Nesses últimos dois anos, tenho tentado treiná-los, mas eles não têm vontade, jeito, resistência, nem força física para o serviço. O que os meus homens faziam com uma hora, esses, agora, gastam uma semana pra fazer.

— Puxa... — Foi a única coisa que pude dizer.

— Para culminar — ele completou —, recebi isto aqui na semana passada — e pegou um papel timbrado que estava sobre sua escrivaninha. — A Secretaria da Agricultura me avisa que, "nesses últimos dois anos, apesar da efetivação dos funcionários da fazenda, o rendimento do serviço decaiu bastante e que, por isto, o secretário resolveu me exonerar da função de diretor". Devo receber meu sucessor dentro de algumas semanas e devo-me por às suas ordens! — e sacudiu o papel, como aparentemente gostaria de fazer com o próprio secretário da agricultura.

Desta vez, eu não consegui dizer nada. Mas ele continuou:

— Felizmente, ontem, recebi isto aqui — e, jogando o ofício sobre a mesa, pegou outro papel e me mostrou —, finalmente, estou aposentado!

— E agora? — perguntei.

— Agora? Agora, seja o que Deus quiser!

Em confinamento

O MEIRELES JÁ ESTAVA MEIO BÊBADO. JOSÉ GERALDO MEIRE-les era sua graça: por isto, Zezinho na família e Meireles para os amigos.

Isolado dentro de casa pela covid, pela solidão, pela desilusão, pela idade, pelo sobrepeso e pela hipertensão, resolvera beber uma com o pinguim da geladeira.

É, o pinguim da geladeira. Herdado da avó.

Quando criança, ele ficava horas admirando aquela peça kitsch de louça sobre a velha Frigidaire americana de cantos arredondados da Dona Maria, enquanto os dois conversavam bobaginhas e ela preparava o almoço. Quando a avó distribuiu seus poucos pertences para se mudar para a antessala da morte — a "casa de repouso" —, olhou para aquela peça e lembrou-se dele. Foi a tia Dorinha quem contou a ele que a avó pegara o pinguim, os olhos cheios de lágrimas, e dissera: "O Zezinho ficava sentado na beira da cadeira da cozinha, moendo e remoendo perguntas sobre esse pinguim e sobre como e onde ele vivera antes de se mudar pra geladeira. E eu, ignorante dos bichos de longe, ia inventando histórias e ele, de olhos arregalados, tadinho, ia engolindo aquela coiseira inventada." — E a velha, então, entregara a peça de louça à filha e recomendara: "Dorinha, esse aqui eu faço questão que vocês mandem para o Zezinho".

Foi assim.

Mas, naquele dia, ele já com mais de sessenta anos, a avó morta há mais de trinta, o Meireles entrou na cozinha, pegou as louças e talheres sujos que se espalhavam sobre a mesinha e despejou sobre as vasilhas que já se amontoavam na pia. Passou um paninho úmido sobre a mesa e estendeu caprichosamente, sobre ela, uma toalhinha xadrez que ele pegou na gaveta. Colocou um copo "americano" e um pratinho de um lado e, no lado oposto da mesa, um pires e um copinho de servir cachaça. Pegou um pote de azeitonas sob a bancada da pia, abriu-o e escorreu a água salgada, despejando-as em uma pequena tigela. Então, foi à geladeira, pegou uma garrafa de cerveja, colocou-a em um porta-garrafa de isopor azul e pôs no centro da mesa. Cerimoniosamente, voltou até a geladeira e pegou seu companheiro de louça, pondo-o cuidadosamente sobre a mesa, em frente ao pires e ao copinho:

— Companheiro, hoje, vamos comemorar!

Abriu a cerveja, encheu o copinho do pinguim e depositou uma azeitona sobre o pires dele:

— Pode comer sossegado, essa não tem caroço!

Então, sentou-se de frente para o amigo, encheu seu próprio copo, colocou quatro azeitonas no seu pratinho, espetou uma delas com um palito e, depois de um suspiro, ergueu o copo e brindou:

— À nossa saúde, velho amigo!

Mas o pinguim, cabeça ligeiramente levantada, o bico apontando para o alto da janela, não se manifestou.

— Comemorar o quê? Qualquer coisa, meu amigo!

— Como não há nada pra comemorar? Sempre tem alguma coisa pra comemorar, ora...

Olhou em volta:

— Vamos comemorar que Dona Violeta vem amanhã e vai dar uma boa arrumada nessa bagunça aqui!

Olhou para o amigo, mas ele não se mexeu.

— Vamos pensar em outra coisa, então...

— Vamos comemorar a sorte de todos aqueles que ainda não pegaram a covid e de todos os que pegaram, mas sobreviveram! — E ergueu o copo novamente.

Mas o pinguim continuou imóvel e insensível.

— Então, foda-se. Vamos só beber!

E, sem levantar mais o copo, virou um gole generoso, pegou a azeitona que estava espetada no pratinho e meteu na boca, deixando o palito espetado na próxima.

— Não vai beber, amigo? Você fica aí com essa cara de madame titica, enrolando; enquanto isso, a cerveja está esquentando.

E, dizendo isto, meteu na boca a azeitona que já estava espetada no pratinho, enfiando o palito em outra. Levantou-se um pouco na cadeira, despejou a cerveja do copinho do pinguim no seu próprio copo e serviu-lhe mais da garrafa, falando, enquanto ainda mastigava a azeitona:

— Vê se bebe logo pra não esquentar! — E bebeu mais um gole.

— Você tá aí, assim; deve tá chateado, né? Não liga. Tá todo mundo meio zureta com essa situação. Quem poderia imaginar, ficar preso mais de ano dentro de casa? Todo mundo foi pego de surpresa...

Enfiou mais uma azeitona na boca e virou mais um copo de cerveja, continuando então:

— Mas, pra você, nem tá tão ruim assim, né? O quê que mudou? De qualquer jeito, você ia só ficar nessa mesma pose aí, ó, em pé, de bico para cima. Tá assim desde que eu te conheci. Só mudou de geladeira e, assim mesmo, só uma vez na vida!

Mais um grande gole, mais uma azeitona...

— É eu sei... Foram meses enrolado num cobertor, sem saber onde estava, até a Tia Dorinha trazer você pra cá, né?

Mais um golinho. O olhar atravessando o amigo:

— Tia Dorinha... morreu dessa merda de covid, também...

Mais um gole; mais um copo; mais uma garrafa vazia. Levanta-se, vai à geladeira e busca outra garrafa. No meio do caminho, parou e remedou, cheio de trejeitos:

— "Ain... Vai ser só uma gripezinha, vão morrer só uns 800..."

— Fedaputa! Queria ver se fosse a mãe dele; se ele tivesse 800 mães e elas fossem justo as 800 pessoas que iam morrer...

Troca a garrafa no porta-garrafa e leva a garrafa vazia para junto da porta; senta-se. Empurra o pratinho vazio para o lado e puxa a tigela para junto de si.

— Do jeito que é ruim, vai ver que não ia nem ligar, o fedaputa. Ia falar: "morreu porque tinha que morrer; tá certo, era minha mãe, mas vou fazer o quê?". Demônio desalmado!

Abre a garrafa.

— Vai tomar no seu cu, fedaputa! É isso que você vai fazer — tomar no cu!

Olha para o pinguim:

— Desculpa, não é com você, amigo. Pode desencanar. Tô falando é daquele fedazunha lá do palácio.

Bebe mais um gole:

— Mas olha aí, ó, você não deu nem uma bicadinha na cerveja! Já deve estar quente essa droga. Deixa eu ver.

E vira a cerveja do copinho goela abaixo. E serve mais cerveja para o amigo.

— Toma. Vê se bebe essa aí, antes dela esquentar.

E bebe mais um gole. E enfia mais uma azeitona na boca — agora, tirada direto da tigela, sem palito.

— Tia Dorinha...

Abanou a mão, espantando as más lembranças. Olha para o pinguim:

— Pois é. Ela te manteve preso por meses, enrolado no escuro, mas não foi por maldade, não. Já te expliquei: aquilo era mulher muito boa, incapaz de ruindade. Ela só não queria que você se quebrasse antes dela te entregar pra mim.

Mais um gole. Mais uma azeitona.

— Pô, cara, vê se deixa de frescura e bebe, aí, pô. Ó, a azeitona aí, ó!

— Eu sei que não foi só isso. Sei dos seus perrengues!

Mais um gole. Mais uma azeitona.

— Eu nunca te falei isso, mas naquele dia que vovó me contou aquela sua história com o urso polar, à noite, sonhei que eu era você e que o urso polar queria me comer! Nunca contei pra ninguém, mas vou te contar: foi por isso que eu mijei na cama aquela noite. Quando o urso ia me pegar eu me mijei todo de medo e acordei todo molhado...

— Dá cá essa sua cerveja que você não vai beber é nada, né?

E despejou a cerveja no seu copo, despejando outra, mais fria por cima. E deu um gole quase de um copo todo e completou com a cerveja da garrafa, esvaziando-a. Bebeu o copo inteiro em duas goladas e comeu mais uma azeitona.

Levantou-se, deixou a garrafa vazia do lado da outra, perto da porta, e foi à geladeira buscar mais uma. Enfiou a garrafa no porta-garrafa, abriu. Ameaçou colocar um pouco para o amigo, mas parou no meio do caminho:

— Você tá muito nojento hoje. Não quer, não quer. Não vou obrigar ninguém a beber.

Sentou-se, encheu seu próprio copo. Deu uma boa golada. E ficou olhando o infinito:

— Porra de covid. Você viu quantos morreram ontem? E sabe quem estava lá no meio, jogado num canto, amarrado num saco, esperando caixão? O Pacheco!

E os olhos se encheram de lágrimas.

E ele comeu mais uma azeitona. E mais uma.

Bebeu mais um gole. E mais um. E outro. E esvaziou o resto da garrafa no copo. Foi deixá-la perto da porta, voltando com outra da geladeira.

Olhou para o pinguim:

— Você nem liga, né? Não foi seu melhor amigo, né? Você nem sabe como é que é, né? É assim, ó: quando essa merda toda acabar, não vai ter mais Pacheco pra jogar buraco; não vai ter mais Pacheco pra dividir uma cervejinha; não vai ter mais Pacheco pra conversar, cara. Conversar, sabe? Num sabe, né? Só sabe ficar aí, ó, de bico pra cima.

Completou o copo. Bebeu mais um gole. E mais um.

— Meu melhor, meu último amigo!

— Você?

Meteu uma azeitona na boca e, de boca cheia:

— Vai me desculpar, mas não dá pra comparar o Pacheco com você. Você senta aí, ó, e fica com esse arzinho de cu com azia. Não bebe nem um golinho; não dá um pio, não conta uma piada, não conta um caso, não consola. E nem pra segurar um baralho e jogar um buraco você presta!

Mais um gole.

Inteira o copo.

Pega a última azeitona da tigela e, fungando:

— Desculpa, vai. Eu entendo, você é diferente; é o seu jeito, né? Não tô fazendo pouco caso da sua companhia, é só que o Pacheco era diferente. Amigão do peito, companheirão...

Chora.

Bebe mais um gole. Outro.

Chora mais.

— Você não vai querer essa azeitona, mesmo, né? Dá cá.

E, entre soluços, come a azeitona do pires.

— "É só tomar ivermec, ivemerc, ivemetina". Sei lá, caralho. É só tomar o caralho! O Pacheco tomou essa merda e não adiantou de nada. Só serviu pra ferrar com o fígado dele. Na hora que a covid chegou, juntou pulmão com fígado e pronto. Não adiantou nem entubar o coitado. Vontade que dá é de entubar aquele outro desgraçado. Mas entubar pelo outro lado!

Mais um copo.

Outra cerveja da geladeira.

Outro copo.

Estende a mão para pegar uma azeitona, mas elas já acabaram.

— O povo morrendo e o fedaputa liberando compra de arma. Comprar vacina que era bom, não comprou: "Vai virar jacaré!" — Ele remedou. — E agora, vai matar covid a bala, é? Fedazunha! Arma pra quê? Arma vai trazer o Pacheco de volta? A tia Dorinha?

Despejou o resto da garrafa e levantou-se alterado.

Segurou-se na mesa para não cair:

— Merda!

Aprumou-se:

— Eu sei pra quê, arma. Pra matar aquele desgraçado!

E pegou a vassoura que estava ao lado. Empunhou-a como quem empunha um fuzil e:

— Bum!

Balançou com o coice da arma; perdeu o equilíbrio e meteu o cabo de vassoura no pinguim, jogando-o ao chão.

Parou, um momento, olhos vidrados nos cacos espalhados pelo piso.

E, então:

— Merda! Merda! Meeeeeeeerda! Matei o pinguim da vovó!

E saiu cambaleando pelo corredor, ainda empunhando a vassoura. Chegou na sala, abriu a porta e, saindo para a varanda, gritou o mais alto que pode em direção à rua:

— Filho da puuuuuuuuuuuuuuuuuuuuuuuuuuta! Na hora que você fugir do palácio, seu porra, com o Brasil inteiro correndo atrás docê, não corre pra cá, não, fedaputa. Não vem, não! Que aqui, ó — e sacudiu a vassoura —, eu estou com as seis armas que você me deu licença pra comprar e com munição pra matar o exército inteiro de demônios do inferno! Não corre pra cá não, que tá tudo pronto pra descarregar na sua bunda, ordinário!

O homem de Deus

UM HOMEM DE DEUS, VINDO A FALECER, VIU-SE DIANTE DE um grande portão, num ambiente desbotado por densa neblina, e acreditou que aquela era a entrada do Reino dos Céus, conforme lhe haviam prometido as Sagradas Escrituras e o seu bispo. Assim, um pouco nervoso e na expectativa de muitas eternas bem-aventuranças, puxou a corda ao lado do portão, fazendo soar um sino, e aguardou que algum anjo ou, quem sabe, o próprio Senhor viesse atendê-lo.

O nosso amigo, porém, estava muito enganado sobre os lugares do outro mundo, pois que se encontrava, em verdade, à porta dos domínios de outro senhor de reputação menos ilibada. As referências a esses domínios, ditos das sombras, e aos seres que os controlam são frequentemente imprecisas e contraditórias. A história dominante conta que tais possessões são governadas por um poderoso anjo decaído, encarregado de dar pena aos condenados provenientes do nosso mundo terreno. Aceitando-se esta versão dos fatos, esses domínios em que nosso amigo foi dar com os cornos nada mais seriam que um grande presídio onde seriam encarcerados, para sofrer violências físicas e morais, aqueles que não viveram entre nós segundo as Divinas Leis; um presídio administrado por um contraventor, ele próprio cumprindo pena de desterro — não de todo diferente de presídios mais próximos de nossa realidade terrena...

Também julgando pelo que se ouve por aqui, o senhor desses domínios teria, a seu serviço, uma imensa legião de servidores que se dividiria entre duas tarefas: a primeira, tentar os vivos para que cometam sempre mais pecados e sejam, por isto, condenados a cumprir pena em seu presídio; e, a segunda, fazer padecerem eternamente as almas dos apenados que aí se veem jogadas. Conhecemos, todos, arranjos como este, em que um concessionário de serviço público age contra os interesses sociais (neste caso, induzindo as almas ao pecado) para aumentar o movimento de seus negócios. Desta forma, enquanto a sociedade se torna cada vez pior aqui na Terra, os negócios do poderoso senhor das trevas vão de vento em popa...

Mas será, mesmo, assim?

Voltemos à nossa história: quem, de fato, atendeu nosso personagem ao portão de sua ilusão, foi um servidor de baixa patente, um simples porteiro. Tal servidor era, porém, dotado de grande e maligno senso de humor e, por isto, tratou de se disfarçar de anjo, ao perceber, ainda a certa distância, a confusão que o recém-chegado fazia sobre seu paradeiro (é de conhecimento geral que o transmutar-se em outros seres é uma das habilidades empregadas com maior refinamento pelas criaturas a serviço de Satanás). E foi assim, com indumentária completa, incluindo longa camisola azul celeste e grandes asas, e fazendo caras de grandes bondades e compaixões, que nosso falso anjo se aproximou do portão:

— Pois não? — perguntou solícito, enquanto se esforçava para evitar que o sorriso acolhedor que trazia estampado na face se transmutasse no riso sarcástico que lhe comia por dentro.

— Deus seja louvado, ó anjo do Senhor! — respondeu o recém-chegado, tentando mostrar-se confiante — Meu nome é Gideão. Pastor Gideão.

— Boa tarde, pastor. Em que posso servi-lo?

O outro respondeu, tentando um sorriso humilde:

— Gostaria de entrar — e, olhando em volta com um ar meio confuso —, mas onde estão os outros?

— Outros?

— É... se estou aqui, às portas do Senhor, esta deve ser a hora do Juízo Final...

— Sim?

— Mas as Sagradas Escrituras dizem que, neste momento, estaríamos todos aqui, diante do trono de Deus, para o julgamento final!

— Bem, como você pode ver, não estamos na sala do trono — disse o porteiro, com um sorriso enigmático. — É que o Senhor resolveu mudar os procedimentos.

— Misericórdia! Mudar os procedimentos?

— Pois é. Ele está trabalhando numa nova edição atualizada do seu Livro Sagrado, mas ainda não terminou a revisão e, por isto, sua publicação ainda não pode ser providenciada! Sem contar que sua divulgação demandará o envio de um emissário de volta à Terra, você sabe, um Messias, o que exige uma logística complexa... Sinto muito.

— Sei... — disse o pastor, perturbado, coçando a cabeça.

O porteiro continuou a explicar:

— Você calcula quantas almas já chegaram até aqui nesses últimos dois mil anos? Só na geração que infesta a Terra neste momento, são mais de 7 bilhões! Já pensou o empurra-empurra, a gritaria, o calor e o tempo demandado para o julgamento, um por um, de toda esta imensa horda, reunida num mesmo lugar? Resolveu-se adiantar o expediente: agora, vamos julgando, um a um, à medida em que vão chegando.

— Mas, ainda assim, deveria haver uma fila razoável, aqui, não?

— Oh, não! Não que esteja sendo fácil, mas são muitos os portões e muitos os porteiros!

— Sei... De qualquer forma, acredito que meu nome deve constar, aí, em algum dos Livros.

— Livros? — perguntou o porteiro, fingindo-se confuso.

Gideão desconcertou-se:

— Deus misericordioso! Perdoa-me, mas será que Ele aboliu, também, os Livros da Vida, com os nomes daqueles que seriam recebidos?, onde eram lançadas nossas obras para se decidir se seríamos admitidos no reino de bem-aventuranças ou enviados para... hum... outro lugar?

O porteiro abriu os braços, enquanto fingia um sorriso encabulado:

— Ah, sim! Os livros! Claro! — E virou-se para o lado para esconder a risadinha zombeteira que não conseguiu conter.

Ao voltar-se novamente para o recém-chegado, o falso anjo, já com a expressão digna de quem se prepara para cumprir uma tarefa importante, segurava um grosso livro de capa surrada e páginas amarelas, que fez aparecer do nada, para espanto de nosso bom pastor. Então, folheou o volume pachorrentamente, para frente e para trás, voltando finalmente à primeira página e perguntando com enfado teatral:

— Desculpe-me, como o senhor disse se chamar, mesmo?

— Gideão. Pastor Gideão Silva.

— Sei, com "G" mesmo... Então, o livro deveria ser este... — ele disse, olhando a lombada do grosso volume e voltando a fingir que procurava.

Por fim, tendo parado em uma página qualquer, disse a Gideão:

— Ah, sim! Antes de continuarmos, você trouxe suas credenciais?

— Pelo sangue de Jesus, meu bom anjo, credenciais? Como assim? Eu tinha que trazer algum documento? Achei que vocês tinham tudo anotado aí...

O porteiro deu um sorriso compassivo e explicou:

— Sim, temos. Mas devemos cumprir as formalidades decorrentes dos convênios com nossos representantes terrenos. Para evitarmos acusações de avaliações parciais e injustas, consideramos, além de nossos próprios registros, as credenciais trazidas pelos que batem à nossa porta e, é claro, seus próprios depoimentos. Você sabe como são as coisas hoje em dia, qualquer pormenor é motivo para que se acionem os advogados e, desta forma, o que poderia ser resolvido em poucos minutos torna-se uma pendenga de anos!

— Deus me livre! Mas até aqui? — Espantou-se Gideão.

— É a globalização, meu amigo: um espirro num cantinho do mundo e logo a gripe toma conta do universo inteiro.

Infelizmente, nenhum lugar está livre dessas modas, nem estes nossos domínios. Ah, os novos tempos...

— Deus misericordioso! Nunca imaginei que a situação fosse assim... tão grave...

— Você nem imagina, amigo, você nem imagina. — E retomou o assunto interrompido:

— Mas, e então, trouxe as credenciais?

Gideão coçou a cabeça, desconcertado e preocupado:

— Talvez o bispo de minha igreja tenha enviado alguma coisa... sabe, ele mantinha comunicação direta com Deus: uma vez, durante o culto, telefonou diretamente para Ele! E, com a graça de Deus, eu era um membro muito bem considerado em minha igreja, o bispo não haveria de se esquecer de mim. Por acaso, não haveria uma carta dele enfiada, aí, no livro, junto do meu nome? Ou, talvez, em alguma gaveta...

O porteiro olhou-o sério por um momento e, com um suspiro, apontou o indicador esquerdo para cima, fazendo surgir uma pequenina gaveta flutuante, que puxou displicentemente para si, enquanto dizia, já sorridente:

— Hum... Pode ser. Vamos procurar...

E pôs-se a tirar folhas e mais folhas de papel da gavetinha, nas quais corria os olhos rapidamente, jogando-as, em seguida, para os lados, enquanto ia proclamando nomes:

— Roberto, Ana Cláudia, José, Deoclevaldo... — então, parou e deu uma gargalhada, comentando para si mesmo:

— Deoclevaldo! Não canso de me surpreender com minha criatividade!

E diante do ar de estranhamento de Gideão, interrompeu a gargalhada, pigarreou e prosseguiu:

— Perdão! Continuemos: Antônio, Segismundo, Rosa, Péricles... oh, êxtase! As delícias da razão: Péricles! — e, então,

revirou a gaveta, como se procurasse algo específico dentro dela, jogando folhas e mais folhas para fora:
— Ah! Aqui está!
— Glória a Deus! — exclamou Gideão, enquanto pensava: "já não era sem tempo...".

O porteiro olhou-o de soslaio, com um risinho sarcástico e, fingindo não ter escutado o pensamento do recém-chegado, passou a examinar as folhas de um maço que retirara da gavetinha:

— Sim, aqui está! Toda a turma dos velhos filósofos gregos: Sócrates, Pitágoras, Platão, Arquimedes e, veja! — bradou, enquanto sacudia uma folha no ar. — O grande Aristóteles! Aristóteles, o peripatético! Não é adorável? Pe-ri-pa-té-ti-co, que sonoridade! Adoro os filósofos gregos! Quanta imaginação!

E continuou, averiguando uma outra folha que retirou do mesmo maço:

— E veja quem mais está aqui: Temistocleia, a grande filósofa de Delfos! Você já tinha ouvido falar dela? E, veja: Aspásia, a sofista de Mileto!

E olhou rapidamente para Gideão. Mas, notando o ar abobalhado com que o pastor o olhava, a boca escancarada, olhos arregalados, não esperou pela resposta, continuando seu monólogo:

— Não, claro que não! Vocês não dão muita importância a elas ou a outras cuidadosamente escondidas nas frestas da história, não é? Afinal, mulheres não podem ter sido muito boas nessas artes de pensar, não é mesmo?

E, depois de jogar todo aquele maço de papeis para o lado e antes que o recém-chegado pudesse dizer alguma coisa, observou com sarcasmo, enquanto puxava mais um enorme feixe de papéis da gavetinha:

— Mesmo Temistocleia tendo sido professora de Pitágoras, e Aspásia ter ensinado a Sócrates e Péricles, não é?

Mas Gideão apenas balbuciou:

— Pelo sangue de Jesus! Como você consegue guardar tanto papel dentro de uma gaveta tão pequena?

O porteiro apoiou-se sobre a gavetinha com uma expressão de desencanto, que logo mudou para o escárnio escancarado, remedando o pastor, enquanto fazia uma careta:

— "Pelo sangue de Jesus! Como você consegue guardar tanto papel dentro de uma gavetinha tão pequena?" — e continuou, contrafeito:

— Você não consegue se concentrar em coisas realmente interessantes? Guardar papel em gaveta, ora essa. Isto é trivial, meu caro!

E, dizendo isto, numa demonstração frenética, começou a tirar maços e maços de papel da gavetinha, jogando-os para o alto. Por fim, ao ouvir o pastor exclamar "Jesus tem poder!", e já sob uma chuva de papéis e com ar de enfado, empurrou a gaveta para cima com as duas mãos, fazendo-a desaparecer.

Gideão coçou a cabeça, perguntando:

— Achou?

— Achei o quê?

— Minha carta de recomendação...

— Carta de recomendação? Ora essa: é cada uma que me aparece! Não. Não tem nenhuma carta de recomendação.

Gideão foi assaltado por uma sequência de sentimentos: irritação, impaciência, ansiedade, preocupação e, finalmente, desespero:

— Só Jesus na causa! Deus tenha piedade de mim! E, então? Sem carta de recomendação não posso entrar? Não é possível que eu tenha dedicado tantos anos a levar a palavra do Senhor aos pecadores para receber este tratamento agora! Não posso, eu mesmo, dar o testemunho de minha fé?

Os olhinhos do porteiro brilharam novamente e um amplo sorriso se desenhou em seu rosto, enquanto ele explicava ao recém-chegado, com voz benevolente:

— Não me leve a mal, meu caro, mas você há de compreender que não podemos confiar, em momento de tão delicada e importante decisão, tão-somente no que o interessado venha a dizer em seu próprio benefício. Você há de concordar que não haverá um só infeliz que, chegando aqui, dissesse: sou pecador, condene-me, por favor...

E, pressionando o indicador no peito de Gideão, perguntou-lhe com uma expressão provocativa:

— Você confessaria?

Gideão deu um passo para trás, amedrontado:

— E-eu?

— Sim! Você, pastor Gideão!

— Ma-mas eu sou um homem de Deus! Dediquei minha vida à palavra, à Obra do Senhor na Terra!

— Claro, claro! Perdoe-me...

O pastor coçou a cabeça e, já desesperado ante a possibilidade de ser barrado ali, perguntou:

— Pelo amor de Jesus, como você vai decidir se vai me admitir, então?

O porteiro coçou o queixo, enquanto revirava os olhos, fingindo, teatralmente, buscar uma solução.

Gideão, tentando se controlar, argumentou:

— Veja, senhor anjo, tenha piedade de mim; em nome de Jesus: eu sempre fui um homem correto, zeloso da lei de Deus, a cuja Obra dediquei minha vida! Decerto, há um lugar reservado aí dentro para mim! Tem de haver um jeito de você averiguar minha obra. Não acredito que o Pai Misericordioso tenha se esquecido, assim, de mim. Não está mesmo, aí, no livro? — E apontou para o calhamaço, que ficara flutuando durante todo este tempo, meio de lado.

O semblante do porteiro iluminou-se novamente e ele exclamou, dando um tapa na testa:

— Claro, o livro!

E, tomando o grande volume nas mãos e folheando-o rapidamente, disse:

— Vamos lá! Gideão, não é?

E, nesta hora, teve que disfarçar, com tosses forçadas, o riso que não conseguiu conter.

Gideão acompanhava com ansiedade os movimentos do porteiro, que resmungava, enquanto passava as páginas:

— Gideão... Gideão... onde estará? Não consigo encontrar!

Gideão coçou a cabeça decepcionado e pensou: "Deus me perdoe, imaginava que as coisas fossem mais eficientes por aqui".

O falso anjo levantou os olhos do livro e, depois de olhar firmemente o futuro hóspede, falou secamente, enquanto fechava o volume:

— Você tem razão! Vamos ser mais eficientes!

O pastor esbugalhou os olhos: "Será que esse abençoado lê meus pensamentos?". E, tentando se resguardar, perguntou:

— Como? Eu não disse nada!... Disse?

O porteiro fez cara de quem tentava recordar-se de algo, respondendo finalmente:

— Hum... acho que sim... você disse. Mas foi tão baixinho... como se pensasse alto. Não tenho certeza, mas foi o que eu ouvi, mas, talvez, tenha entendido mal...

E soltou o livro que desapareceu no ar, em meio a uma nova nuvenzinha de fumaça. Em seguida, enfiou a mão esquerda na manga direita de sua túnica e tirou, de lá, um tablet, em que começou a deslizar o indicador, enquanto olhava para a tela atentamente.

Gideão espantou-se:

— Vocês têm este tipo de coisa aqui?

— Claro! Não está vendo? Na realidade, nós é que inventamos essas coisas e, depois, inspiramos vocês a copiá-las na Terra. Elas têm grande utilidade para nossa obra na Terra...

Gideão olhou para o porteiro e, ainda incerto sobre o sentido do que acabara de ouvir, perguntou-lhe:

— Ah... mas, então, porque você estava usando o livro? Por que não pegou logo o tablet?

— Ora, porque você pediu um livro! Procuramos oferecer aos recém-chegados um ambiente o mais próximo possível de suas expectativas para que eles se sintam mais à vontade!

E abriu um sorriso largo, dizendo a si mesmo, com entusiasmo:

— Sou muito bom nisto! Eu mesmo me espanto com as minhas performances!

— Santo Deus Misericordioso, como é que é? — perguntou Gideão, confuso.

O porteiro se endireitou:

— Desculpe-me! É que eu sou muito bom com este tablet. Você acredita que já achei seus registros?

— Glória a Deus! Eu já estava ficando desesperado...

— Ora, ora, companheiro, não há motivo para desespero. Vamos lá! Diga-me: quais são seus méritos? Por que você acha que deve ser admitido aqui?

— Mas você não tem tudo registrado aí?

— É o protocolo, meu caro, o protocolo. Tudo tem de ser feito na sua forma correta. Na realidade, este procedimento foi criado em benefício das próprias vítimas... quero dizer, dos réus... você sabe, de vocês que chegam aqui, na expectativa de serem acolhidos. Você vai me dando seu testemunho e eu vou conferindo aqui; se houver alguma discrepância, você tem a chance de se explicar, entendeu?

— Entendi...

— Então, vamos lá! Comece!

— Tudo? Tenho que contar toda a minha boa obra?

— Bem, vamos usar um método heurístico: comece das mais importantes. Assim, você acumula mais pontos no início do processo e chega mais rápido ao limite para admissão!

— Heu?... Heuri?...... Bem... parece fazer sentido...

— Então, vamos lá! Comece! Precisamos nos apressar, em breve outros estarão chegando!

— Claro! Como eu disse, durante toda a minha vida, fui um servo dedicado à Obra do Senhor...

— Parece muito bom! — interrompeu o falso anjo — Deixa-me conferir aqui... hum... Bingo! Mil e duzentos pontos! Parabéns! Muito bom! Já chega! Entre e seja bem-vindo!

E, com um estalar de dedos, fez os portões se abrirem.

— Adoro esta parte! — exclamou, enquanto observava os portões se abrirem lentamente, com um ranger irritante — Entre! Entre!

Gideão exclamou, sorridente:

— Deus seja louvado! — Enquanto pensava: "Não foi tão difícil, afinal".

E entrou, em busca de sua nova vida de bem-aventuranças.

Enquanto o portão fechava-se novamente atrás deles, o falso anjo convidou o pastor a segui-lo, virando-se e caminhando em direção a uma trilha estreita que se iniciava logo adiante.

Enquanto andava, Gideão procurava desvendar a paisagem do entorno, mas a neblina densa não permitia que ele enxergasse mais do que uns poucos metros ao seu redor. Agora, passada a tensão da admissão, ele começava a observar — e a estranhar — o ambiente ao seu redor. Tudo o que ele conseguia ver no meio da neblina denotava desleixo e abandono: seguiam por um caminho estreito, calçado de tijolinhos, como uma vereda de jardim. Contudo, o calçamento estava gasto e cheio de falhas, o que o levava a tropeçar de vez em quando; a vegetação que ladeava o caminho era composta por arbustos retorcidos, com pouca ou nenhuma folha e sobre os quais se alastrava uma trepadeira espinhosa. E o cheiro? Um odor acre que quase desaparecia, tornando-se, então, mais forte, como se trazido pela brisa. Mas — ele reparou — não havia brisa: o ar estava permanentemente parado.

Seu guia se apercebeu do estranhamento do recém-chegado e comentou:

— Não repare a bagunça. Está tudo tão largado, não é? É que estamos passando por um período de sobrecarga de trabalho e os jardineiros tiveram que ser desviados para outras funções...

— Entendo... — respondeu Gideão.

— Mas veja! — exclamou o falso anjo — Estamos chegando!

Gideão olhou à frente, mas tudo o que pode ver foram sombras em meio à bruma. Pareciam rochas... não... ah, sim, agora, percebia: eram construções; um aglomerado de casinhas. Sim, chegavam a um povoado ou coisa assim. O caminho que seguiam entrou por entre as casas. O lugar lembrou-lhe as favelas terrenas — mais especificamente, aquela favela onde começara sua carreira missionária: um monte de casebres mal construídos, paredes trincadas, portas e janelas tortas, cobertas com pedaços irregulares de tábuas e outras sobras de material. Tudo em péssimo estado. Ali, já não havia mais calçamento, a vereda transformara-se num beco tortuoso de terra batida — nada que Gideão conseguisse associar ao Reino Celestial, o que o deixou desassossegado.

Ao seu lado, o porteiro caminhava em silêncio, apenas observando-o de soslaio de vez em quando.

Enquanto seguiam por aquela ruela, Gideão afligia-se com as lamúrias, resmungos e gemidos que vinham de dentro dos casebres, mas poucas pessoas transitavam nos becos por que passavam e, ainda assim, os poucos que chegavam a ver sempre desapareciam como sombras, quando eles se aproximavam. Da mesma forma, uma ou outra pessoa que estivesse às portas ou às janelas à beira do caminho tratava de sumir no interior mal iluminado das malocas, quando eles passavam.

— Tudo e todo mundo parece tão triste aqui... — observou Gideão, perturbado.

— Tristes? — comentou seu guia, risonho — Esses aí estão até tranquilos perto dos outros...

— Como?!

— Ahn... sim... — e deu um pigarro, despistando uma risadinha — os outros são mais alegres, eufóricos até. É que, aqui, é a ala dos recém-chegados. Estão ainda em período de adaptação. Saudades de casa, estranhamento da comida, você sabe. Com o tempo, vão se desligando das coisas que deixaram em sua vida terrena e vão ficando mais alegrinhos.

Neste momento, aproximaram-se de um senhor e uma senhora. Ela gemia como se sofresse grande dor e o senhor tentava acalmá-la. A contrário dos outros, não reagiram à aproximação dos dois caminhantes, permanecendo onde estavam. Gideão teve a impressão de conhecê-los de algum lugar, parou e os cumprimentou:

— Boa tarde, irmãos!

Mas os dois não responderam. Apenas o senhor olhou para ele, com um misto de desprezo e raiva; enquanto a velha permaneceu de cabeça baixa, gemendo.

Gideão, inquieto, tratou de se afastar, perguntando ao porteiro, enquanto seguiam à diante:

— Há quanto tempo estão aqui?

— O senhor, há vinte; a velha, há trinta e dois anos — respondeu ele, com ar de enfado.

— Mas você não disse que eram novatos? — perguntou o pastor, estacando.

— Sim, são todos recém-chegados — respondeu ele.

— Recém-chegados? Vinte e trinta e dois anos?

— Claro, meu querido — explicou o guia, com um sorrisinho complacente —, o que são vinte, cem, duzentos, quinhentos anos, perto da eternidade a ser despendida aqui?

Gideão coçou a cabeça, confuso. Definitivamente, nada se encaixava às suas expectativas. Olhou novamente a velha que, agora, levantara a cabeça e o fitava desesperada. O pastor deu um passo atrás, sem conseguir disfarçar o horror que o rosto desfigurado da senhora lhe causou. Mecanicamente, disse-lhe:

— Deus a abençoe, irmã! — E, virando-se rapidamente, seguiu em frente.

Os dois continuaram a caminhada, em silêncio, o porteiro lendo, interessado, os pensamentos do pastor, que parecia transtornado.

Um pouco adiante, alcançaram uma construção um pouco maior, embora tão malconservada quanto tudo o mais ao redor. Parecia uma pequena igreja de subúrbio; na verdade, parecia muito aquela primeira igreja onde Gideão iniciara o seu serviço de pregador. Pela porta escancarada, Gideão viu os bancos desarranjados, sujos e estragados e, na parede ao fundo, para seu espanto, uma pichação: "Deus não é fiel! Fomos traídos por ele!"

— Deus tenha compaixão de nós! O que é isto?! — perguntou ele horrorizado.

— Isto o quê? — perguntou o porteiro, a custo contendo uma risada e olhando para o outro lado, como se procurasse alguma coisa.

— Isto é uma blasfêmia! Ali, ó! — disse o pastor apontando, depois de puxar seu guia pelo braço.

— Ah! Aquilo?

— Isto é um absurdo! Deus nos perdoe! Alguém tem que apagar isto imediatamente!

Instantaneamente, um balde cheio de água espumosa e uma escova surgiram nas mãos do falso anjo, que os estendeu a Gideão:

— Toma!

— C-como assim?

— Você não disse que alguém tinha que apagar isto imediatamente?

— Sim, mas por que eu?

— Por que não? Ninguém mais por aqui parece preocupado com aquilo. Na verdade, isto já está aí há anos. Pensando bem, talvez possamos largar isto pra lá, não é mesmo? — disse o porteiro, com ares de pouco caso, enquanto recolhia o braço com os instrumentos de limpeza.

— Não, isto é uma ofensa a Deus!

Mas o porteiro observou, com algum cinismo:

— Ele nunca reclamou. Pensando bem, porque haveria, não é? Esta frase escrita aí, não deve ter mudado em nada sua divina vida.

— Mas isto não é uma igreja?
O guia correu os olhos pela construção, respondendo:
— É... tipo isto...
— E onde está o pastor responsável por ela? Os fiéis que a frequentam?
— Hum, na realidade, ninguém entra aí há anos...
— Mas isto não pode ser! Nos próprios domínios do Senhor e os homens tão relapsos com as coisas da fé!
— Talvez eles precisem de um bom exemplo — disse o falso anjo, estendendo novamente o balde e a escova a Gideão. — Você tem experiência nisto, quem sabe não assume o templo? Você não é pastor?
— Eu? Fui, na vida lá embaixo. — E, assumindo um ar cansado, continuou — Mas trabalhei tanto nesta causa durante minha vida... achei que, aqui, poderia descansar e colher os frutos do meu trabalho...
O porteiro, fazendo um ar grave, enquanto ria-se por dentro, observou:
— Há muito trabalho a ser feito aqui: tantos desiludidos em busca de consolo. Precisamos da ajuda de todos!
— Estou vendo — disse Gideão olhando em volta —, mas eu nem mesmo tenho, comigo, o Livro Sagrado em que me apoiar!
— Isto é fácil de resolver, meu amigo! — E, dizendo isto, jogou o balde e a escova para cima, fazendo-os desaparecer. Em seguida, puxou um livro de sua manga direita, oferecendo-o ao outro.
Gideão tomou o volume, tentando dissimular sua decepção e falta de ânimo:
— Só de ter este livro entre as mãos, já me sinto mais tranquilo — disse ele, tentando fingir, sem sucesso, algum fervor.

— Pois muito bem! Você pode abri-lo agora mesmo e, com ajuda dele, sair por esses becos, a pregar a verdade e arrebanhar as ovelhas desesperançadas que se encontram dispersas por aí...

Gideão abriu o livro displicentemente e, depois de ler um par de frases, empalideceu, fechando-o e virando-o de um lado para o outro. Atentando-se à sua capa, exclamou horrorizado:

— Mas o que é isto? A "Bíblia Satânica"? Deus me perdoe! Que espécie de brincadeira de mal gosto é esta?

— Você não pediu um livro sagrado?

— Só há um livro sagrado e, certamente, não é este!

— Ora, não seja intolerante, há muitas verdades aí.

E, tomando o livro da mão de Gideão, abriu-o, aparentemente ao acaso, e leu:

— "A mais perigosa de todas as mentiras aclamadas é aquela sagrada, aquela santificada, aquela privilegiada – aquela que todos acreditam ser um modelo da verdade. Ela é a mãe fértil de todos os erros e desilusões populares. É uma árvore de irracionalidade com a cabeça de hidra e mil raízes. É um câncer social!".

— Como assim?! — Exclamou Gideão, sem entender direito.

Mas o porteiro, agora eufórico, não deu atenção a ele, passando mais algumas páginas:

— Veja isto: "a mentira que é reconhecida como mentira já está erradicada pela metade, mas a mentira que até as pessoas inteligentes aceitam como fato – a mentira que foi inculcada em uma criança que repousa nos joelhos de sua mãe – é mais perigosa de se combater do que uma terrível peste!".

— A que mentira você se refere? — perguntou Gideão, de olhos esbugalhados.

Mas o porteiro continuou:

— Ouça esta: "Satã tem sido o melhor amigo que a igreja jamais teve, pois que ele é quem tem sustentado os negócios dela durante todos esses anos!" — E, acabando de ler, levantou a cabeça, gargalhando.

— Blasfêmia! Blasfêmia! Blasfêmia! — bradou Gideão, estarrecido — Este não é nenhum livro sagrado é um livro de blasfêmias!

— Nenhum livro é mais sagrado do que aquele que o lê, meu caro; nenhum livro é mais sagrado do que aquele que age com base nele! O mau, no bom livro, encontrará justificativa para o mal que fizer; o bom, no mau livro, encontrará inspiração para o bem!

Gideão, transtornado, caiu de joelhos, em pranto, clamando:

— Deus me ampare! Este não é o Céu! Senhor, para onde me trouxestes?

O porteiro deu mais uma gargalhada e, apontando para a pichação, no interior do templo, bradou:

— "Deus não é fiel! Fomos traídos por ele!"

Gideão, transtornado, tampou os ouvidos com as mãos e, ainda de joelhos, gritou:

— Não! Não! Não!

O porteiro lhe disse, então:

— Tem razão, amigo. No seu caso, você é quem não foi fiel; foi você quem traiu seu próprio Deus! Não foi ele que o trouxe para cá; você veio por conta própria: há anos você vem caminhando para cá!

— Não! Não! Não! — gritou Gideão, chorando convulsivamente.

— Está bem. É o seu livro sagrado que você deseja? Sua Bíblia Sagrada? Pois tome! — bradou o porteiro.

E, enquanto o livro que segurava desaparecia no ar, ele retirou outro da manga, estendendo-o a Gideão.

O pastor continuava de joelhos, a testa tocando o chão, soluçando:

— Senhor! Oh, Senhor! Oh Senhor! Tenha piedade de mim!

— Toma! Eis a sua Bíblia Sagrada! Se é nela que você pretende encontrar consolo, amigo, toma!

Gideão, amedrontado, ergueu o tronco lentamente e, titubeante, estendeu o braço, pegando o livro que o porteiro lhe oferecia. Mal o tocara, contudo, e o volume se abriu violentamente em suas mãos, as páginas virando vertiginosamente, como se sopradas por um vento inexistente, até pararem. Gideão tentou ler, mas as lágrimas turvavam-lhe a visão. Então, um versículo se destacou, aumentando de tamanho até ficar maior que a própria página e uma voz potente saiu do livro: "Pode alguém colher uvas de um espinheiro ou figos de ervas daninhas? Semelhantemente, toda árvore boa dá frutos bons, mas a árvore ruim dá frutos ruins. A árvore boa não pode dar frutos ruins, nem a árvore ruim pode dar frutos bons. Toda árvore que não produz bons frutos é cortada e lançada ao fogo."

Gideão empalideceu e, antes que pudesse ter qualquer outra reação, as páginas começaram a passar novamente. Ao pararem, a voz proclamou de novo: "Pois aparecerão falsos cristos e falsos profetas que realizarão sinais e maravilhas para, se possível, enganar os eleitos."

Gideão tremia, enquanto as páginas voltavam a se virar sozinhas. Mais uma vez elas pararam e a voz voltou a se fazer ouvir: "Aos profetas que fazem o meu povo desviar-se, e que, quando lhes dão o que mastigar, proclamam paz, mas proclamam guerra santa contra quem não lhes enche a boca: por tudo isso a noite virá sobre vocês, noite sem visões; haverá trevas, sem adivinhações. O sol se porá e o dia se escurecerá para os profetas. Os videntes envergonhados e os adivinhos constrangidos, todos cobrirão o rosto porque não haverá resposta da parte de Deus.".

Gideão permaneceu de joelhos, pálido, mudo e imóvel, enquanto as lágrimas escorriam-lhe pelo rosto. O porteiro, então, disse-lhe, sarcástico:

— As palavras de seu livro sagrado não lhe soam mais consoladoras que as do livro de blasfêmias, hein? Serão elas, também, blasfêmias ou falam da mesma coisa?

Gideão, mudo, assustado, olhou para o porteiro que, com uma expressão fria, lhe disse:

— Parece que você tem contas a pagar, não é meu amigo?

— Não pode ser. Não pode ser. — repetiu Gideão para si mesmo. Então, colérico, apontou para o porteiro:

— Você, demônio, me enganou!

— Eu? Eu, não!

— Você me recebeu ao portão, como se eu estivesse à porta do Céu! E eu, tolo, ó, meu Deus, deixei-me enganar!

— Sinto muito, meu caro. Em momento algum eu falei que você estava à porta do céu ou, aliás, de qualquer outro lugar. Foi você quem se convenceu disto!

— Mas e a avaliação? Eu não fiz pontos suficientes para ir para o Céu?

— Não, pastor, você fez pontos suficientes para entrar onde havia solicitado permissão para entrar!

— Como assim? Eu digo que servi ao Senhor por toda a minha vida, você diz, "ótimo!", e eu sou admitido no inferno? Desde quando servir ao Senhor é credencial para os domínios do inimigo?

O porteiro respondeu, com um riso zombeteiro:

— Ora, desde quando a pessoa diz que serviu ao Senhor e você confere nos registros e, lá, consta que a vida dela foi toda dedicada à satisfação de sua própria ambição e luxúria; ao acúmulo de riqueza e poder por meio do abuso da boa-fé alheia; da extorsão mal disfarçada — tudo em nome do Senhor que lhe pedia amor ao próximo e caridade!

— Registro, livro, tablet! Tudo uma grande palhaçada! Esse tempo todo, você esteve apenas zombando de mim!

— Bem, você queria um livro. Eu te dei o livro...

— Sim, um falso livro, puro ilusionismo!

— Você está enganado, meu caro. Estava tudo escrito lá. Escrito por você mesmo!

— Por mim? Ora, não venha com piadas agora. Eu nunca havia visto aquele livro em minha vida!

— Tem certeza? Venha! — Exclamou o porteiro, entrando no pequeno templo.

Gideão olhou para os lados, perguntando-se se haveria um meio de sair dali, mas a voz do porteiro se fez ouvir lá de dentro:

— Venha! Não há como você sair daqui.

Gideão resignou-se e, irritado, entrou. O porteiro deu um suspiro e começou:

— Vamos lá: vamos ver do que sua mente é capaz. Você diz que nunca viu o livro, certo? Vamos assistir uma coisinha. Acho que você vai gostar. Sente-se aí.

Duas poltronas macias surgiram do nada, entre os bancos velhos que se amontoavam ao redor deles, e o porteiro comentou, com um sorriso maroto:

— Um pouco de conforto nunca é demais, não é mesmo? Quer pipoca? Refrigerante?

— Não, obrigado. Não tenho fome — respondeu Gideão, mal-humorado.

— Está bem. Veja: vai começar!

E uma cena iniciou-se numa tela, antes invisível.

Para espanto de Gideão, lá estava o templo em que iniciara sua vida apostólica — de fato, muito parecido com o local em que estavam, porém limpo e arrumado. Celebrava-se o culto e lá estava ele, um jovem Gideão, pregando aos fiéis: "Pois chegará o dia em que o senhor os chamará e diante de vocês abrirá o livro de suas vidas para o julgamento final e nada vocês poderão ocultar do Juiz Supremo, porque vocês mesmos terão escrito, no livro, toda a sua obra!". E, estranhamente, enquanto ele se via pregando, imagens sobrepunham-se à cena, as imagens que ele construíra, então, em sua mente: e lá estavam o portão em que fora recebido, havia pouco, e o livro que aquele demônio fizera aparecer à sua frente. Gideão permaneceu mudo, espantado.

— Entenda — disse o porteiro, com um sorriso irônico —, você foi quem criou e é você quem mantém isto aqui. Tudo o que você vê ao seu redor foi construído por você, para você! — E sorriu um sorriso de fingida compaixão.

— Mas eu nunca acreditei, de fato, em nada disto! — Confessou o pastor, exaltado, buscando uma estratégia alternativa para se safar.

— Sim, eu sei — comentou o porteiro com serenidade. — Você não teria vivido como viveu, se acreditasse. Este foi seu maior pecado!

— Não ter acreditado?

— Não. Ter induzido outros a acreditarem naquilo que você, em verdade, considerava uma grande palhaçada!

O pastor contestou:

— Mas veja: se isto tudo é real, então, de uma forma ou de outra, devo ter ajudado a todas aquelas pessoas, mesmo não tendo, eu, a fé que cobrava delas! Quantos deles não devem ter criado paraísos maravilhosos para si mesmos?

— Mas que realidade é esta, afinal? — perguntou o porteiro, circulando o braço com o indicador em riste — Paraíso? O que você fez foi induzir os seus fiéis a construírem, para eles próprios, mundos semelhantes a este que você criou para si mesmo e dos quais eles, só com muito sofrimento, vão conseguir se libertar. Afinal, eles nunca têm dinheiro suficiente para atender a todas as solicitações da Igreja, não é mesmo? — Dízimo, testemunhos de fé, campanhas especiais... Grande ajuda — morrem, todos, com suas consciências pesadas, achando que devem dinheiro a Deus, e temerosos da eternidade que os aguarda... Paraísos! E para quê? Para que você construísse, às custas dos outros, sua própria confortável vida terrena.

Gideão, replicou:

— Mas não foi culpa minha! Acreditei no bispo de minha igreja que me prometeu a salvação, a felicidade eterna no Reino dos Céus, se eu o ajudasse em sua obra!

— Como foi conveniente acreditar, nele, não foi? Ah, os bispos! Alguns deles são nossos melhores agentes na Terra. Muito bons, não são? Maravilha-me a capacidade que eles têm de contorcer os fatos e ideias, transformando os mais santos princípios em sustentáculos do mal, e as coisas mais deliciosamente hediondas naquelas verdades sagradas! — e continuou, depois de soltar outra gargalhada. — Ainda pretendo adquirir tais habilidades. Como seria ótimo subir à Terra para executar tal tarefa: eu ia me divertir até virar ao avesso!

— Mas, se você me acusa de fazer o que você mesmo gostaria de fazer, por que me condena? Que moral tem para isto?

O porteiro respondeu, irônico:

— Nós temos autorização legal, meu caro: este é o nosso trabalho! Você cometeu o crime de conferir a si mesmo uma autoridade que sabia não possuir, agindo fora de sua alçada, tomando para si funções para as quais não estava habilitado, nem tinha licença para exercer! — E, rindo-se sarcasticamente, continuou — Além do mais, quem o condenou não fui eu. Aqui, somos apenas humildes servidores, encarregados de conduzir os que chegam ao cumprimento das penas que lhes forem indicadas por suas próprias consciências!

— Demônios! Como vocês podem ser tão cruéis?

— Ora, meu caro, não somos tão terríveis assim. Cumprimos nossa missão com moderação, apenas sugestionando os que se mostram acessíveis. Vocês é que fazem o serviço sujo lá em cima!

— Então, estou mesmo no inferno... — comentou o pastor, desolado — e construí isto aqui, segundo minha própria imaginação, conforme pregava aos demais... Não acredito, não acredito! Como pude ser abandonado pelo Senhor?

O porteiro apontou a pichação na parede:

— Talvez o Senhor não seja mesmo fiel... Talvez ele o tenha traído!

— Não, isto é blasfêmia! Um desrespeito ao próprio Criador!

O capeta deu um sorriso complacente:

— Para mim, isto não é problema. Afinal, eu sou um demônio, não é mesmo? Mas você me parece um pouco confuso, contraditório...

— Não, não posso estar no inferno! — exclamou o pastor, negando-se a aceitar o óbvio. — Se isto fosse verdade... se isto fosse verdade, então...

O demônio, antecipando-lhe os pensamentos deu um sorriso. Gideão engoliu em seco e, temeroso das consequências do que iria dizer, continuou de forma menos enfática:

— Então..., cadê o tal... fogo eterno?

O porteiro olhou-o com ar penalizado:

— Não seja antiquado... Não seria difícil providenciar tal fornalha pra você. Contudo, acredite: não há inferno pior que a mente, nem fogo mais quente que a consciência! O verdadeiro inferno! O verdadeiro fogo eterno!

Gideão permaneceu mudo, pensativo, até que o porteiro lhe disse:

— Já que estamos aqui, vamos ver mais algumas coisinhas. Vai ser bom pra você refrescar sua memória...

Gideão deixou-se ficar, sem forças, escorrido na poltrona. Não queria olhar para a tela, mas não conseguia desviar os olhos dela. Assim, não teve alternativa senão assistir a mais aquela cena que se iniciava. E lá estava ele, de novo; desta vez, conversando com um senhor de meia idade:

— Pastor, por favor, minha mãe está acamada, com câncer, e sem dinheiro pra pagar o tratamento que ela precisa. Ela pediu que eu viesse lhe suplicar ajuda.

Aquele Gideão mais novo, mas já tão seguro de si, olhou para o homem e perguntou-lhe:

— Você não frequenta esta igreja, não é?

— Não, senhor, mas minha mãe frequentava, até ficar doente, e ela contribuiu muito para a sua obra. Ela foi até nomeada "rainha protetora" da sua igreja. Lourdes, ela se chama Lourdes.

Em frente à tela, o pastor falecido contorceu-se na cadeira e, aprumando-se no assento, olhou para fora, através da porta. Na ruela em frente à igreja, o senhor e a velha, por quem passara havia pouco, estavam em pé, olhando para ele. Ele voltou a se encolher na cadeira: agora, lembrava-se de quem eram...

Na tela, o diálogo prosseguia:

— Dona Lourdes... eu me lembro, sim. Mas ela anda sumida, não é? Não a tenho visto nos cultos. Também não temos recebido seu dízimo, nem seus testemunhos de fé...

— É porque ela está de cama, pastor. Já não consegue se levantar nem para ir ao banheiro! E o seu dinheiro acabou. O que ela ganhou na loteria, ela doou para a igreja, com a promessa de que, fazendo isto, seria protegida pelo Senhor.

— Meu caro, devemos pôr Deus em primeiro lugar! Por menores que sejam os ganhos dela, tirar os dez por cento da igreja não fará falta no orçamento de sua mãe e agradará a Deus, que saberá multiplicar suas ofertas!

— Mas, pastor, ela doou à igreja todo o prêmio que ela ganhou. Hoje, ela não recebe nada, nem pensão, nem aposentadoria, nada! E, até agora, só o que se multiplicou na vida dela foi o sofrimento...

— Então, irmão, o que está faltando a ela é a fé! As doações agradam a Deus, mas Ele não opera seus milagres para os que não têm fé!

— Mas, senhor, ela vive em nome de Deus, só fala de Deus. Ora o dia inteiro!

— Venha com ela ao templo e traga, também, uma boa oferta à Obra do Senhor. Com a fé, as ofertas e a força das orações dos irmãos, Deus haverá de mostrar seu poder e curá-la!

— Mas como traremos uma boa oferta, pastor? Ela não tem mais dinheiro e nós, os filhos, não temos recursos nem pra pagar o tratamento dela. Não temos de onde tirar dinheiro pra ofertas!

— Com as bênçãos do Senhor, não haverá necessidade de tratamento! E, quem sabe, esta não é a oportunidade que Deus está dando a vocês, os filhos dela, de abraçarem a palavra e a fé em Cristo? Quantas vezes dona Lourdes não me disse que a maior tristeza da vida dela era que os seus filhos estavam fora da igreja! Tragam sua mãe e tragam uma oferta que demonstre a Deus o quanto ela é importante para vocês. Ofertem esse dinheiro ao Senhor, acreditem na palavra e orem com os irmãos durante o culto. Com as bênçãos de Deus, dona Lourdes não precisará mais de remédios e vocês, os filhos dela, serão protegidos pelas bênçãos divinas!

O homem, na tela, se afastou e, antes que algo mais acontecesse, Gideão ouviu o porteiro assentindo ao seu lado:

— Hum, hum!

Mas uma nova cena se iniciava na tela:

Novo culto estava prestes a começar e um reboliço junto à parede lateral chamou a atenção do pastor: eram os filhos de dona Lourdes, que a traziam em uma maca. Gideão viu a si mesmo, na tela, esfregando as mãos e sorrindo satisfeito. Não, na tela, ele não disse nada, mas, sentado naquela igrejinha imunda, a imagem do que passara em sua mente, anos atrás, sobrepôs-se à cena que se desenrolava: ele imaginara que, junto com a enferma, seus filhos estariam trazendo uma gorda oferta. Mas ele se decepcionaria: o grupo chegou defronte ao palanque da igreja e se apresentara:

— Pastor, trouxemos nossa mãe para que o senhor e os irmãos orem por ela e atraiam para ela as bênçãos do Senhor. Por favor, pastor, salve nossa mãe!

Gideão olhou para dona Lourdes estirada sobre a maca e fez uma expressão de horror: o rosto da velha estava todo deformado e uma língua enorme se estendia para fora da boca. Incapaz de sustentar o olhar suplicante de sua fiel, ele se voltou para o filho mais velho e perguntou:

— Os irmãos trouxeram a oferta para o Senhor?

Os filhos de dona Lourdes se entreolharam e uma de suas filhas se adiantou, estendendo um envelope:

— Trouxemos o que conseguimos juntar entre nós, pastor.

Gideão tomou o envelope da moça e abriu-o: um amontoado de notas de pouco valor: dois, cinco, dez reais. Ali não haveria nem duzentos reais, talvez nem cem! Voltou-se, então, para eles:

— É isto o que vale a vida de sua mãe para vocês?

Os irmãos se entreolharam novamente e a moça respondeu com voz sumida e gaguejante:

— Não, senhor! A vida de nossa mãe é muito valiosa para nós, pastor, não tem preço.

— Então, como vocês têm coragem de se apresentarem diante de Deus e pedir-Lhe que salve a vida de sua mãe, sugerindo a Ele, com tão pequena oferta, que na verdade ela não vale nada para vocês?

— Mas, pastor, era todo o dinheiro que nós tínhamos! — respondeu outro dos filhos de dona Lourdes.

— Você tem uma televisão em casa, irmão? Uma geladeira? Uma cama? Será que a vida de sua mãe não vale mais do que elas?

E diante do silêncio dos irmãos, continuou:

— Por que não venderam esses bens e trouxeram o que arrecadassem como testemunho de amor à sua mãe, e de fé no Senhor Todo Poderoso? Se fizessem isso, salvariam sua mãe e Deus misericordioso derramaria suas bênçãos sobre vocês, restituindo-lhes tudo o que houvessem vendido e lhes dando muito mais ainda!

— Faremos isso, pastor! Por favor, salve nossa mãe e, no próximo culto, nós traremos o dinheiro da venda de nossas televisões, fogões, geladeiras e tudo o que tivermos em casa!

— Então, voltem com sua mãe para casa e retornem no próximo culto com a oferta!

Os irmãos entreolharam-se em silêncio e saíram, levando sua mãe.

O porteiro olhou para Gideão com um sorrisinho enigmático. O pastor quis lhe perguntar algo, mas seus olhos foram atraídos para a tela, onde uma nova cena se iniciava: mais um culto estava para começar, alguns dias depois, e o filho mais velho de dona Lourdes se aproximou do pastor, que lhe perguntou:

— Trouxe a oferenda? Hoje será o dia da salvação de sua mãe!

O filho de dona Lourdes, visivelmente irritado, virou-se de costa para ele e de frente para os fiéis bradou:

— Minha mãe morreu! Morreu sem que a igreja que ela tanto ajudou orasse a Deus pra que ela se curasse! Esse Pastor aqui — e apontou Gideão — negou-lhe ajuda para um tratamento médico e negou-lhe, também, uma simples oração. Esta não é uma casa de Cristo; esta é a casa do demônio! Minha mãe morreu dizendo que ia para o inferno. Por sua culpa, pastor de merda!

— Olhe com quem está falando, meu caro. Sou um representante do Senhor, uma ofensa a mim é uma ofensa ao próprio Deus!

— Pois eu não quero nem saber! Se ela foi para o inferno, vamos nos encontrar, os três, lá! Ela, eu e você! — e apontou, novamente, o pastor.

— O Senhor tem mais poder! — foi a resposta de Gideão, antes que o homem virasse as costas e saísse do templo, seguido de perto por um grupo de obreiros da igreja.

Gideão sentiu-se tomado por um grande desconforto e, mais uma vez, olhou pela porta. Lá de fora, o senhor dirigiu-lhe um sorriso sarcástico e, pegando Dona Lourdes pela mão, virou-se, afastando-se do templo arruinado. O pastor seguiu-os com os olhos, até que saíssem de seu campo de visão. Virou-se lentamente, ajeitando-se na poltrona. Por fim, desculpou-se com o porteiro:

— Mas eu não tenho culpa, não sou culpado da morte dela! Ela já estava tomada pela doença, morreria de qualquer jeito! Por que você está me acusando?

— Oh, pastor, mas eu não estou te acusando de nada! É você, mesmo, quem se acusa!

— Mas eu não a matei!

— Sim, eu sei. Mas vejamos aqui — disse o porteiro, segurando a cabeça de Gideão e fingindo procurar algo, atentamente, nela. — Hum, o que temos aqui... parece que você não está se acusando exatamente da morte dela, veja! — e tocou um ponto de sua cabeça com o indicador. — Parece que você está se acusando da falta de empatia, da falta de caridade; você está se acusando de não ter dado apoio à sua ovelha e a seus familiares, de não ter ajudado a aliviar a sua dor. Ah! É tudo tão complexo, não é, meu bom pastor? Essa gente é assim: doente, deprimida, desesperada, tão carente de tudo..., mas, às vezes, o que eles esperam é apenas um pouquinho de atenção, uma palavra de consolo, um abraço. Você sabe, essas coisas tolas que os homens esperam dos que falam em nome de Deus e que tanto aborrecimento causam a vocês, não é?

E o porteiro, não dando tempo para que o pastor respondesse, já foi lhe perguntando:

— Mais um? Vamos ver mais um episódio?

Gideão, pálido e confuso, pediu-lhe:

— Não, por favor, não...

— Ora, meu caro, há tantas cenas tocantes aguardando para serem revistas. Veja esta, por exemplo:

Imediatamente, uma nova cena se iniciou. E, novamente, lá estava ele, Gideão. Desta vez, já um pouco mais velho, sentado atrás de uma escrivaninha, conversando com um rapaz. A imagem girou na tela, revelando a identidade do jovem com quem ele conversava. O pastor sentiu um frio percorrer sua espinha. O rapaz lhe perguntou:

— Não sou uma Obra de Deus?
— Sim, claro que é! — respondeu o Gideão da tela.
— Foi Ele quem desenhou meu rosto?
— Sim.
— Foi Ele quem escolheu a cor do meu cabelo, da minha pele?
— Claro!
— E este mindinho torto? — perguntou, ainda, o rapaz, mostrando a mão direita.
— Sim, foi Deus quem fez. — confirmou Gideão, agora, não tão seguro.
— Por quê? — perguntou o rapaz — Por que ele me deu um dedo torto, em vez de um dedo perfeito como os outros?
— Os motivos de Deus são insondáveis, Davi; ele teve seus motivos...
— Será que, no momento de me criar, ele não me amava? Será que ele não me amava, então, e me deu este dedo para me fazer sofrer?
— Claro que te amava! Te amava, então, como te ama até agora. Deus é pai e ama todos os seus filhos! Se ele te deu algum estigma é porque te deu, também, os meios de vencer a dor que este sinal poderia te causar. Vencendo a dor que este dedo te causa, você ficará mais forte para enfrentar outros problemas que a vida venha a lhe apresentar! Se este dedo é fonte de sofrimento pra você, Davi, ore a Deus e peça a ele que lhe dê forças pra aceitar e vencer esta dor! E se você quer mostrar a Ele o quanto você O ama, para que ele se compadeça e mais rápido te atenda, dê o seu testemunho de fé: economize, ao longo do mês, tudo o que puder, em nome da fé; se você quiser comprar um sapato, pense: "não preciso tanto deste sapato quanto da

ajuda de meu Senhor" e, então, entregue o dinheiro do sapato à Igreja, pra que ela o invista na Obra de Deus, fazendo com que Deus se sinta lisonjeado e mais se compadeça de você! E, da mesma forma, economize o dinheiro da roupa nova, do cinema, do lanche. Quanto mais sacrifícios você fizer em benefício da Obra do Senhor, mais você será fortalecido pela divina providência!

E, então, diante do silêncio consternado do jovem, retomou o assunto original:

— Qual é o problema, afinal, este dedo te causa vergonha?

— Não, pastor. Este dedo não me causa sofrimento. Vivo com ele, sem problema e não tenho vergonha dele e, também, as pessoas não se importam que ele seja assim, a maioria delas nem nota...

— Então, não estou entendendo o seu problema...

— Meu problema é outro, pastor.

— Que outro problema, Davi? Não importa qual seja ele, se Deus lhe conferiu algum problema, a oração é o caminho para se libertar dele! Para o problema que Deus dá, Ele mesmo oferece a solução! Oração e oferendas ao Senhor e à sua Obra!

— Mas não é o problema que me causa sofrimento, são as outras pessoas.

— Como assim?

— Eu mostrei meu dedo torto a você, pastor, como mostro a todo mundo, e ninguém se importa, de verdade, com ele. Mas esse outro "problema" causa escândalo e as pessoas fogem de mim ou querem mudar-me — como se quisessem consertar meu dedo, torcendo-o de qualquer maneira. É isto que me dói. Gostaria apenas de ser aceito como sou, assim como meu dedo é aceito como ele é.

— E que problema é esse?

O rapaz hesitou alguns segundos antes de responder:
— Sou gay, pastor.

Gideão viu sua própria cara de espanto e a expressão de dor no rosto do rapaz, enquanto ele, o Pastor Gideão, lhe bradava:
— Não, Davi, este problema não foi Deus quem te deu. Este problema é um presente de Satanás! Ninguém nasce homossexual, é o inimigo quem está te influenciando, é ele que está te tentando, que o está levando ao pecado, à abominação! Você precisa se entregar a Deus para se libertar desse demônio que o quer caindo em tentação!

O rapaz começou a chorar convulsivamente e o porteiro, sorrindo, sussurrou a Gideão, sem tirar os olhos da tela:
— Adoro esse jeito firme com que você trata as pessoas.

Encorajado pelo julgamento do porteiro, Gideão respondeu:
— Mas não tem que ser assim? Se a gente não mostrar os limites, as pessoas relaxam. Há pontos a partir dos quais, nem o Senhor tem mais compaixão!

— Claro, claro. Estou de pleno acordo.

— Mas se você concorda que eu esteja certo, por que estou aqui, no inferno, sendo obrigado a ver essas coisas, como se estivesse sendo acusado em um tribunal? Esta firmeza com a moralidade que você está elogiando não foi considerada no meu julgamento?

— Mas, claro, meu caro — o porteiro explicou, sarcástico. — E você será tratado, aqui, segundo esses seus mesmos princípios!

Gideão, pálido e visivelmente perturbado, tentou se recompor, respondendo com voz quase suplicante:
— Mas a homossexualidade é uma abominação, uma afronta à Criação Divina, que torna os que a abraçam seres desagradáveis a Deus!

— Concordo com você — assentiu o guia mais uma vez —, esses gays são asquerosos mesmo.

Gideão, confuso, redarguiu, então:

— Viu? De novo: você concorda comigo. E, então, por que estou aqui?

— Exatamente porque você pensa como eu! A turma que vai lá para o andar de cima é aquela que acha que tem que amar todo mundo, inclusive as bichas e as sapatas!

Caindo em si, Gideão corrigiu-se, prontamente, abrandando suas feições exaltadas:

— Mas eu os amo. Por isso me incomodo tanto, porque quero que eles se corrijam, que se conformem às leis de Deus para que tenham direito à salvação!

Mas a mudança brusca na iluminação da tela, fez com que Gideão voltasse a olhar para frente, antes que seu companheiro lhe dissesse qualquer coisa.

Davi, agora, andava cabisbaixo por uma rua deserta. Gideão ficou subitamente sério, empalidecendo novamente.

— O que foi? — perguntou o porteiro, com um ar cínico que passou despercebido a Gideão.

— Nada... — respondeu Gideão, com voz sumida...

— Então, preste atenção porque esta parte da história você não viu, só ficou sabendo por ouvir dizer, não foi?

E o porteiro deu um sorrisinho, voltando-se novamente para a tela. Nela, Davi chegara a um viaduto. Gideão contorceu-se na cadeira. O rapaz continuou caminhando até o meio do elevado e subiu no parapeito. Lá permaneceu imóvel, de pé, enquanto o vento soprava sua roupa e seus cabelos. Gideão continua inquieto em sua cadeira. Um caminhão solitário aparece ao longe e se aproxima velozmente, os faróis acesos. O jovem prepara-se para pular e Gideão vira o rosto para não ver. Mas foi como se a tela se virasse com sua cabeça e ele viu o rapaz se deixando cair, o rosto assustado, lágrimas escorrendo dos olhos. O diabo deu uma risadinha ao seu lado e Gideão fechou os olhos — inutilmente: agora, a imagem continuava a se desenrolar como se projetada na face interna de suas pálpebras e ele, horrorizado, vê a cena terrível —, Davi se espatifando no asfalto e o caminhão passando sobre ele. E as imagens não cessam: o corpo mutilado, sangue se espalhando no asfalto, e, subitamente, o rosto desfigurado do rapaz, enorme, olhando para ele. Gideão não suporta mais e grita, encobrindo as gargalhadas do seu guia:

— Chega! Não suporto mais!

A cena foi interrompida subitamente e um silêncio pesado dominou o salão sujo da igreja; um silêncio só interrompido pelos soluços ritmados de Gideão:

— Não tenho culpa! Não tenho culpa! Foi o inimigo que o inspirou. Isto foi obra de vocês, demônios!

— Ora, meu caro, não seja tão modesto. Você foi brilhante, nem precisamos interferir: negou ao rapaz o suporte que ele pedia e tornou sua sina ainda mais pesada! Olha, talvez você acabe se tornando um de nós... Quem sabe? — E riu-se gostosamente.

Gideão fechou os olhos, enquanto as lágrimas lhe escorriam pelo rosto. Seus soluços transformaram-se em choro e o choro tornou-se convulsivo, enquanto ele repetia:

— Não suporto, não suporto, não suporto! Oh, Senhor, não tenho forças para isto!

— Hum... não suporta... Que pena... — disse o porteiro, cinicamente. — Tenho más notícias para você: este é apenas o primeiro dia... mas está bem. Vamos aos poucos, não é mesmo? Você tem toda a eternidade para rever sua vida, seus atos, suas consequências... Não nos apressemos...

Naquele momento, ouviram o soar de um sino e o porteiro lhe disse:

— Desculpe-me, tenho que ir. Chegou mais um hóspede. Mas fique à vontade...

O pastor olhou assustado para o porteiro e, amedrontado como uma criança, exclamou:

— Você vai me deixar aqui, sozinho? Você não pode me abandonar! O que vou fazer aqui, sozinho?

— O que quiser! Vá onde quiser, faça o que quiser!

— Mas eu não conheço nada aqui!

— Pelo contrário, meu amigo. Como eu disse, foi você quem construiu tudo isto; construiu para seu próprio desfrute! À medida em que o tempo for passando, você vai se lembrar dos lugares, das coisas, das pessoas: tudo e todos meticulosamente registrados aqui. A casa é sua e ninguém a conhece melhor do que você mesmo!

Encolhido, Gideão, choramingou, encolhendo-se humildemente na poltrona:

— Tenho medo...

O porteiro pensou um pouco e lhe disse:

— É compreensível. Nada é mais aterrorizante do que perambular dentro de nossa própria mente, convivendo conosco mesmo todo o tempo, não é?

— Por favor, não me deixe sozinho! Não posso ir com você? Não posso ajudá-lo na portaria? Preciso de sua ajuda!

— Ah, a síndrome de Estocolmo! — disse o porteiro, com sarcasmo. — Infelizmente, não é possível, meu caro. Cada hóspede é um hóspede, cada qual encontra seu próprio cenário, e os destinos dos que chegam não se encontram. É impossível, meu amigo. Você, agora deve viver o seu inferno pessoal — sozinho. São as regras!

— Mas quanto tempo terei que ficar aqui?

— Hum... deixe-me ver — disse o porteiro, fingindo pensar, enquanto segurava o queixo. — Acho que você ensinava aos seus fiéis que a danação no inferno duraria a eternidade, não é? E, agora, você sabe porque: não há como nos desvencilhar da nossa própria consciência, não é mesmo?

E, diante da consternação de Gideão, continuou com uma expressão compassiva:

— Mas, lembre-se — disse, sério, enquanto circulava o dedo indicador —, esta é a sua própria mente e você é o único que tem o poder de mudá-la. Quem sabe você não começa por limpar as ruas e as casas, curar as chagas dos doentes e oferecer algum conforto aos sofredores? Talvez o ambiente lhe fique mais agradável..., mas, desculpe-me, tenho que ir. Outra pobre alma aguarda-me no portão. Boa sorte!

E saiu do templo, assobiando, enquanto o pastor Gideão, trêmulo, mantinha-se prostrado na poltrona, entregue às suas lembranças e terrores. Mas o porteiro retornou até a porta e disse ao pastor:

— Desculpe-me, mas estas poltronas foram criação minha, não tenho autorização para deixá-las aqui.

E, com um gesto, fez sumir as poltronas, jogando Gideão ao chão. Então, com uma gargalhada, sumiu-se em meio a uma nuvem de fumaça malcheirosa.

Este livro foi composto em Kepler Std
para a Crivo Editorial e impresso em papel
Cartão Supremo 250g/m² e Pólen 80g/m²
em Julho de 2022.